新潮文庫

渡された場面

松本清張著

新潮社版

2675

渡された場面

1

坊城町は、佐賀県の唐津《からつ》から西にほぼ三十キロ、玄界灘《げんかいなだ》に面した漁港の町である。小さな半島の突端で、壱岐《いき》、対馬《つしま》沖はもとより、黄海域まで漁船が往復する。

古い湊《みなと》にはつきもので、遊女町も発達して、そのことだけでも前からひろく知られてきた。町は深い入江を囲っていて、東側と西側とは早道の海上をつなぐ渡船がある。西側に遊廓《ゆうかく》があった。嫖客《ひょうかく》の朝帰りには楼主のほうで対岸まで小舟を出す。小舟の客は二階の手すりにならんだ昨夜の敵娼《あいかた》に袖《そで》を振られる。朝は海霧《ガス》が濃いので、姿や妓《ぎ》楼《ろう》が見えなくなっても女たちの嬌声《きようせい》はいつまでも舟に届いた。

このような情緒はいまはない。むろん遊廓が廃止され、妓楼はアパートとか旅館などとなり、階下の一部がバアになったりしているからだ。けれども昔の遊廓の輪廓は荒廃したままだが残っている。高い屋根に看板をあげた旅館やバアのネオンは、夜の暗い入江に色を投じる。

坊城町を訪れる他県からの客は少なくない。とくに春から秋にかけて多い。夏は近くの砂浜に遊ぶ海水浴客がある。春と秋は釣りと舟遊びである。おいしい魚だけを食べにくる団体客も絶えない。旅館はたいてい生簀《いけす》をもっている。暁に沖から帰る舟の活《い》きた魚を買って、そのまま泳がせておくのである。

そうした旅館は入江の東側の町にならんでいた。岸沿いの道には漁船のロープが横たわっていたり、荷揚げの起重機がおかれていたりする。漁具の店と重油を売る店との間に小さな割烹《かっぽう》料理店がはさまる。汐《しお》の香と油の臭《にお》いとが漂う通りであった。

よそからくる客は入江の西側に見える旅館には、ほとんど入らない。遊廓の名残りがかなり露《あら》わなので、やはり気がひける。そのかわり一時遊びには伝馬《てんま》舟のような舟に乗って行く。舳《へ》先《さき》が黒い入江に映る紅色のネオンを砕いてすすむ。が、たとえそのような旅館に不覚に泊ったところで、二階の手すりに見送りの女が立つことはない。旅人は、後朝《きぬぎぬ》の別れの昔話を聞かされて羨《うらや》むだけである。

千鳥旅館は、そんな古い遊女町の家なみが真向うに見える東側の岸辺にあった。この町いちばんの大旅館で外見は洋式の四階建てである。玄関はホテル式にフロントがあって蝶《ちょう》ネクタイの男が控え、横はロビーとなっている。二階が宴会用の大小の広間で、三階四階は客室である。これらは全部和室である。女子従業員もみんな着物だった。

この町の旅館が閑《ひま》なのは秋の終りから早春までである。正月でも客はこない。玄界灘の冬の風は寒く、ときどき冷雨にまじって霰《あられ》が降る。

そんな季節外れの二月中旬から千鳥旅館に滞在している一人の中年男がいた。客のないときだから、四階でも入江に面したいちばん眺望のいい部屋をあてがわれた。髪をぼさぼさに伸ばした、蒼白《あおじろ》い、長い顔の男である。フロントでは、住所を東京都大田区田園調布、年齢三十九歳、職業は著述業、小寺康司と記帳した。やつれた風貌《ふうぼう》にもかかわらず、洋服と手さげの革ケースの立派さに、マネージャーといわれている番頭の庄吉が金の心配はないとみて一等いい部屋の錦《にしき》の間を提供したのである。

この部屋の係女中は真野信子という二十四になる女であった。旅館では、忙しいときには臨時の手伝い女中を頼むが、そうでないときは三人くらい常時傭《やと》いの女中がいる。

錦の間の小寺康司は、係女中からするとはじめは扱いにくい客であった。朝は遅く、十一時ごろに起きる。朝飯と昼飯兼用の食事をとって、三時にはおやつに茶と菓子をもってゆく。夕飯は六時半ごろだが、酒は飲まなかった。十時ごろには夜食として弁当程度のものをつくって運びにゆく。このとき信子は夜具をのべておやすみなさいを云《い》ってひき下るのだが、客はたいていスタンドをのせた応接台の上で本を読んでいるか原稿用紙をひろげて考えているかしていた。

夜は二時か三時ごろまで起きているらしかった。朝が遅いのもそのためである。

彼は言葉が少なく、無愛想であった。ぼさぼさに伸ばした長い髪と、蒼白く痩《や》せた顔とは、それでなくとも陰気だった。眼は細く、眼尻《めじり》が少しつり上っていた。鼻すじは徹《とお》って隆《たか》いが、険がある。うすい唇は横に裂けたようにひろく、顎《あご》の先は尖《とが》っていた。

背は高いが、厚味がなく、女のような撫《な》で肩をしていた。眉間《みけん》にはいつも神経質な縦皺《たてじわ》が寄っていた。うす暗いとき、部屋に坐《すわ》っているのを不意に見ると、信子は、ぎょっとするときがあった。客は、晴れた日に一時間か二時間くらい岬《みさき》をまわって散歩する以外、あまり外出はしなかった。

「ちょっと気味の悪か人ね」

錦の間に滞在する客の陰気な雰囲気は、彼が到着した二日目から、ほかの二人の女中、梅子と安子の注意を惹《ひ》かずにはおかなかった。

「気持の悪かァ」

梅子の言葉に安子も同調して、係りとなった信子の顔を見た。三人とも同じ年ごろだが、梅子が一つ上であった。が、この旅館では信子が一年先輩であった。

「よりによって、こげな寒か季節に東京からわざわざ逗留《とうりゅう》にきんしゃるのも変ってるね。温泉もなにもなかところへ」

三十キロ南にはなれた山辺には嬉野《うれしの》とか武雄《たけお》とかの名の知れた温泉地があった。

「魚の新しゅうて、おいしかけんが、そいでここに遊びに来たとあのお客さんは言うとらしたよ」

信子は、二人の朋輩《ほうばい》の不審にいちおう答えた。

「そいだけのことね？　ばってん、魚の新しかものは嬉野でんが武雄でんが食べらるとよ。ここから朝の早かうちにトラックで海から揚った魚ばどんどん運んどるけんね。坊城で食うのと、そう変らんばな」

梅子は、新鮮な魚を食べるだけが客の滞在する理由ではあるまいと云った。

「あのお客さんは、小説ば書いとらすらしかよ。そいで客の少なかこげなところに来んさったにちがいなか。温泉やったら、人が多うして、騒がしかけんね」

信子はその理由を弁じた。

「やっぱり、小説ば書いとらすね？」

安子がきいた。

「そうらしか」

「あんた、書いとらすところを見たと?」

「いいや、見たことはなかばってん、読んどらす本は、みんな小説か、小説の理屈ば書いた題の本ばかりじゃけんね」

「それで、信子さんの錦の間にいそいそと行くわけがわかった。あんたは小説が好きやし、そのうちじぶんで書いてみたか気持もあるらしかけんね」

梅子がひやかすように云った。

「どうしてそげなものがわたしに書けるね?」

信子はまるい顔を瞬間赭《あか》くして激しい調子で云い返した。いつかノートに書いた文章を梅子にぬすみ見されたことがあったので、梅子に云われると、その弱さが羞恥《しゅうち》と腹立ちになった。

「ごめん、ごめん」

梅子は年齢《とし》は一つ下だが一年古い信子の憤《おこ》った顔へあやまった。前に、彼女のノートを覗《のぞ》いたことが分ったときも、ひどく憤られたことがあった。

「ほんとに錦の間のお客さんは、小説ば書いとらすと? わたしはそげなところを見たことはなかよ」

安子が二人の間をとりなすように話題を変えて口を出した。

「わたしも見たことはなか。いつもぶらぶらしとらすけんね。信子さんは係りやから見てんしゃろうけど」

梅子は信子の機嫌を直すようにおだやかな声でいった。

「わたしも書いとらすとこを見たことはなか。ばってん、原稿用紙ば机の上によく出しとらすもんね。いつ行っても、一字も書いたあとはなかけど、きっとまだよか思案の浮ばんけんで、そいば考えとらすにちがいなか。ぶらぶらしとらすようにみえても、心の中では苦労していなさると思うよ」

信子は、どこか苛々《いらいら》している客の姿を浮べるようにして云った。

信子の言葉に二人は黙ってうなずいた。彼女らにもその様子はなんとなく分っていたのである。

「小寺康司さんという小説家の名前を信子さんは雑誌で見たことがあるね？　わたしたちは見たことも聞いたこともなかけど」

安子が基本的なことを訊《き》いた。

「わたしも、あんまり見たことのなか名前ね。そればってん、わたしたちの読んでなか本に書いとらすかもしれんもんね。小寺さんが読んどらす本もむつかしか小説のようやからね」

「週刊誌にも婦人雑誌にも小寺康司ちゅう名前は載ってなかよ」

安子がいった。

「まだ名前のよう出ん小説家よ。きっと」

梅子が云って自分でうなずいた。

小寺康司は彼女らが読むことのない雑誌に小説を発表していた。その文学専門の雑誌は、この坊城町の本屋には毎月一冊しか配本されていなかった。それもほかの雑誌の間に埋れて埃《ほこり》だらけとなり、取次店に送り返されるのが常だった。

小寺康司は、新人ではないが、大家でもなかった。そういう文学雑誌が競って表紙に名前を刷りこむほどの花形作家でもなかった。いわば地味な中堅作家であった。が、批評家の一部では、小寺康司の小説の特異性を評価し、彼の文学の将来に期待をよせていた。

しかし、文芸雑誌が本屋に一冊しか来てなく、それもきまって返本されるような玄界灘の漁港町では、そんな評論家の文章まで読む者はなく、小寺康司の名前も、まして評論家が縷々《るる》として述べ立てる「小寺康司の文学に見る特異性」の解説文に接する者もなかった。

錦の間の客が、ひどくとっつきにくい、気むずかしげな人間に見えたのは、しかし、はじめの四、五日くらいで、信子には次第に普通の客に映ってきた。客のほうは、やはり毎日、三度も四度も接している係女中の彼女にはうちとけてきた。

「信子さんは、この坊城の人ですか？」

客が係女中にはじめに云うことは同じである。

信子はふだんだと、はい、とか、この近くですとか返事するのだが、この小寺康司にだけはいい加減な答えができないような気がした。

「いいえ。もう少し奥のほうです。多久《たく》というところです。もとは炭鉱がありましたが」

信子は、他県からの客にはできるだけ標準語をつかった。けれど、強い抑揚の訛《なまり》だけはどうしようもなかった。

「こっちには、もう、長いの？」

小寺は静かに箸《はし》を皿に動かしながらきいた。瘦せた蒼白い顔と似あうような低い声だった。

「はい。もう、五年になります」

五年前にこっちにきて千鳥旅館の女中奉公をするようになったのは、多久の炭鉱が駄目になってからである。そこで働いていた父は死に、母は大阪に嫁いでいる姉のもとに引き取られて行った。もちろん、そんなことまではじめから小寺には話さなかった。

「お客さんは毎日、こんなところに居られて退屈ではありませんか?」

こんどは信子のほうからきいた。そろそろ探りを入れたい気持もあった。

「いや、あんまり退屈もしないね。ゆっくりと落ちつけるからいいですよ」

長い髪の間に指を入れて小寺の切れ長な眼はもっと細くなった。が、愉快そうに笑っている眼ではなかった。その指は女のように細長かった。

「どなたか、お伴《つ》れのかたがそのうちにお見えになるかと思っていました」

信子は、マネージャーの庄吉と梅子が話していたことを思い出して云った。彼女にも同じ想像がないではなかった。

「そう見えますかね」

小寺はもう一度眼を糸のようにしたが、眉間の皺は消えなかった。返答が否定と分って信子もなんとなく気分が安らいだ。べつに好意を持っているという客ではないが、旅館の中がこんな閑《ひま》なとき、部屋のまわりを歩くにも気をつかわねばならぬような閉じこもった男女の一組ができるのが鬱陶《うつとう》しかった。

「でも、おひとりでは寂しかでしょう？　この向う岸にはバアなどがありますが、気ばらしにお出《い》でんしゃらんですか？」

少し気がゆるむと標準語も崩れた。バアだが、そこには遊廓《ゆうかく》の伝統で、男を面白く遊ばせる場所もあるとこの客に云うにはまだ早すぎて遠慮があった。

「むこうは昔のお女郎屋さんがならんでた町だそうですね？」

彼は知っていた。この四階の部屋からは入江にならんだ漁船の帆柱ごしに向うの屋根に上ったネオン看板が同じ眼の高さで見えた。

「団体さんがお入りになると、よく向う岸に小舟に乗っておいでになります」

「そういう友だちでもあると別ですがね。それに、ぼくは酒が飲めないから」

小寺は小さな瞳《ひとみ》を対岸に走らせて呟《つぶや》いた。昼間の元遊女町は朽木《くちき》が残っているような荒廃が目立ち、それが彼の眼を興ざめにしているようだった。

彼が酒を飲まないのは食膳《しょくぜん》に銚子《ちょうし》を添えさせないことでも分っていた。そのときから信子は下坂一夫に比較していたのだが、小寺の口から酒が飲めないと聞き、また、そのために女のいるバアにも興味がないと聞くと、よけいに下坂一夫と比べる気持が出た。

唐津市の焼物店の息子下坂一夫は酒を飲むし、市内のバアの女とつき合いがあるようだ。彼は隠しているけれど、会ったときに不用意に女の証拠物が出たりする。前には、はっきりとそういう女が二人いて、その後は何もないと彼は言い切っていた。

「小説を書くには、じぶんでいろいろなことば経験せんと書けんもんですか?」

信子は、一夫の口ぐせに思い当って小寺にたずねてみた。

「さあ。それは、いちがいには言えないなァ」

小寺は長い髪の先をちょっとつまんだ。

「……そりゃ、経験がないよりは、あったほうがいいかもしれないが。ぼくは小説のことはよく分りませんよ」

「お客さんは小説をお書きになっているのじゃなかとですか?」

「小説はむずかしいですよ」

小寺はそれにはまともに答えないで、信子のまるい眼と、先が少し上をむいている鼻と、厚い唇の顔に、ちょっとの間、眼をすえてきいた。

「あなたは小説を書きたいのじゃないですか?」

信子はいい体格をしていた。

2

信子は、小説を書くつもりはなかったが、読むのは好きだった。

女流作家では林芙美子《ふみこ》にひかれる。このひとの前半生は苦労の連続だったらしい。幼い時実父に母親とともに家を追い出され、小学校を十数回変る。広島県の尾道《おのみち》で高等女学校に入ったものの学資を得るために帆縫工場に夜勤し、恋人につれられて上京するが、その恋人は大学を出ると郷里に帰ったため捨てられる。以来、夜店の店番、風呂《ふろ》番、帯封《おびふう》書き、女中、セルロイド工場の女工、毛糸店の売子、カフェーの女給などを転々とした。林芙美子のそういう自伝的な小説に付いた「解説」など信子を涙ぐませる。

たとえば「風琴と魚の町」という小説がある。芙美子が十四のとき、継父と母親につれられて初めて居ついた尾道の想出《おもいで》を書いたものだ。

《柳の木の向うに、煤《すす》で汚れた旅館が二三軒並んでゐた。町の上には大きい綿雲が飛んで、看板に魚の絵が多かつた。

浜通りを歩いてゐると、或《あ》る一軒の魚の看板の出た家から、ヒユッ、ヒユッ、と口笛が流れて来た。………

口笛の流れて来る家の前まで来ると、鱗《うろこ》まびれになつた若い男達が、ヒユッ、ヒユッ、と口笛に合せて魚の骨を叩《たた》いてゐた。

看板の魚は、青笹《あをざさ》の葉を鰓《あぎと》にはさんだ鯛《たひ》であつた。私達は、しばらく、その男達が面白い身ぶりでかまぼこをこさへてゐる手つきに見とれてゐた。

「あにさん！　日の丸の旗が出ちよるが、何事ばしあるとな」

骨を叩く手を止めて、眼玉の赤い男がものうげに振り向いて口を開けた。

「市長さんが来たんぢや」

「ホウ！　たまげたさわぎだな」

私達はまた歩調をあはせて歩きだした。

浜には小さい船着場が沢山あつた。河のやうにぬめぬめした海の向うには、柔かい島があつた。島の上には白い花を飛ばしたやうな木が沢山見えた。その木の下を牛のやうなものがのろのろ歩いてゐた。

ひどく爽《さは》やかな風景である。》

――小説の風景は、まるでこの坊城の港町を写しているように信子には思われた。

たしかに、この「千鳥旅館」を除くと、同じ通りと船着場には「煤で汚れた旅館が」

三、四軒はある。また、赤い鯛に青笹の葉の看板を上げたかまぼこ屋も、ここには三軒あった。魚の骨を叩くのは今はモーターつきの機械が代りをしているが、魚の腹を包丁で切り開き、中の赤黒い臓腑《ぞうわた》をバケツに落すのは、俎台《まないただい》にならんだ男のような中年女たちである。

「河のやうにぬめぬめした海」がこの入江にたとえられるようであり、「柔かい島」はないが、これを東と西とから屈折して見えかくれしてきている長短の岬になぞらえると、それらの丘にはところどころにミカン畑があって、春には白い花を飛ばしたような木がたくさん見える。

信子は、尾道という港町は見たことはないが、この坊城の町と似ているのだと思った。が、似てないところもあるようで、海はこっちのほうがどうも荒いと思われる。島は柔かいとはいえず、崖《がけ》を持ってとげとげしい。それに尾道には入江の対岸に古めかしい遊廓《ゆうかく》のかたちを残した町もないようである。

けれども、信子はそういう違うところは眼の中でうすめ、自分の居るところを強いて林芙美子の小説の舞台に見立てようとした。玄界灘《げんかいなだ》の強い風に流されてくる綿雲も、尾道の町の上に飛ぶ「大きい綿雲」として眺めた。

信子もいまは旅館の女中をしていて、作者の経験した境遇とよく似ている。小説を書くつもりはないが、読むのは好きである。それは唐津市にいる恋人の下坂一夫が、同人雑誌などによく小説を載せているその影響だけではなかった。下坂を知るもっと前からだった。

信子が林芙美子の作品でも、とくに「風琴と魚の町」が気に入っているのは、そこに出ている会話が、いまも彼女や彼女のまわりで使っている言葉とほとんど同じだったからだ。小説の会話というと東京言葉が多いのに、それだけでも身近に感じた。小説ではなく、すぐそのへんを手風琴を鳴らすオイチニイの薬売りと、そのあとに従う妻と、十四の女の子とが歩いているように思われた。

《「こりや、まあ、景色のよかとこぢや」「章魚《たこ》の足が食ひたかなア」「何云《い》ひなはると！　お父さんやおッ母さんが、こぎやん貧乏しよるとが判《わか》らんとな！」「汽車へ乗つたら又よかもの食はしてやるけに……」「いんにや、章魚が食ひたか！」「さつち、そぎやん、困らせよつとか？」「食ひたかもの、仕様がなかぢやなつか！」

――「こりや、まあ、面白かところぢや、汽車で見たりや、寺がおそろしく多かつたが、漁師も多かもん、薬も売れようたい」「ほんに、をかしか」「のう……章魚の足が食ひたかア」「また、あげんこツ！　お父さんな、怒んなさつて、風琴ば海さ捨てる云ひなはるばい」「又、何、ぐづつちよるとか！」「どぎやん、したかア

い！』》

——もっとも、この方言は九州弁に広島弁がまじっている。

しかし、とにかく、このような小説の言葉も、ある箇所にくると、信子はきまって鼻先を小指で弾《はじ》かれたようになる。

《私は、言葉が乱暴なので、よく先生に叱《しか》られた。先生は、三十を過ぎた太つた女のひとであつた。いつも前髪の大きい庇《ひさし》から、雑巾《ざふきん》のやうな毛束を覗《のぞ》かしてゐた。

「東京語をつかはねばなりませんよ」

それで、みんな、「うちはね」と云ふ美しい言葉を使ひ出した。

私は、それを時々失念して、「わしはね」と、云っては皆に嘲笑《てうせう》された。》

——この旅館でも、気やすい県内や近県の客は別として、遠いところからくる客には、標準語をつかわねばなりませんよ、と経営者に云われている。この地方の言葉は、九州でもとくに荒い。

遠来の客に標準語を使っていても、その客に慣れたり、話に興が乗ったりすると、ついそれを忘れて土地の言葉が出る。それも小説と同じだった。

「よそゆきの標準語で通そうにも、わたしらはこっちの生れじゃけん、無理ばアんた。

嬰児《やや》のときから使いなれた言葉で云わんこつには、標準語ではどうも舌のまどろこしゅうして、自分の気もちの出んですもんね」

信子は、馴《な》れてくると客にそう云った。遠くからの客はそのほうがいいといって微《わ》笑《ら》う。珍しがっている。が、信子にはそれが嘲笑とは思えなかった。

下坂一夫は、土地の言葉がよほど少なかった。というよりも彼は信子に会ってもなるべく標準語で話そうとしていた。彼はあきらかに土地の言葉を嫌悪《けんお》していた。信子にはそれが同人雑誌に小説を書く彼の意識から出ていると思えた。

「林芙美子なんかに感心しとるのは通俗だな。おまえも」

下坂は、それこそ軽蔑《けいべつ》のうすら笑いをその尖《とが》った鼻の先に浮べるのが常だった。

彼は二十九だった。髪を長く伸ばし、といっても近ごろはやりのヒッピーのようなきたならしいものではなく、頭の中央から左右に分けて流し、それを耳朶《みみたぶ》がかくれる程度に揃《そろ》えていた。油もうすくふりかけて、埃《ほこり》っぽくないようにしている。そうして、ときどき額に掩《おお》いかかる髪を憂鬱《ゆううつ》そうに振った。

彼は体格はよかったが、頬が張り出し、眼の上にくぼみがあった。そのくぼみに文学的な翳《かげ》りが宿っているのを彼は得意に思っていた。

彼は家業が焼物店であるのをひけ目に感じていた。実際は、伊万里《いまり》焼の色美しい茶《ちゃ》碗《わん》や鉢や皿や、それも美術品といった高級なものばかりを広い間口の店に飾りたてている市内一流の陶器店なのに——。彼は父や兄の商売を手伝っていたが、そんな非文学的な仕事を仕方なしにやっているふうだった。

下坂一夫の名前が、六年前に東京の文芸雑誌にいちどだけ載ったことがある。それは彼自身が書いた作品ではなく、大分県出身の著名な作家が、九州びいきに、モノを書いている友人や同人雑誌の若手の名前を半ば戯文的に紹介したものにあった。

以来、九州のいたるところに「作家」「詩人」が輩出した。大分県出身の著名作家が中央の文芸雑誌に「A地方には作家××が活躍しており、B地方には詩人××が黙々と詩魂を磨き」と書いてくれたので、その肩書による自分たちの名前が中央の文壇にも知られているような意識をもたせたのである。

だから彼らは初対面の人にも、その家業や職業は告げずに、「ぼくは作家の××です」とか「わたしは詩人の××です」とか厳粛な顔で名乗るのが常だった。

下坂一夫の場合は、その著名作家が「唐津市には若い作家下坂一夫が特異な作風を見せているが」と二十六字にまとめてくれた。

それから彼も「下坂陶芸店の」とは云わず「作家の下坂一夫です」と長い髪を掻《か》きあげながら自己紹介するようになった。

「今月は怠けて、仕事をしなかった」

と、彼が云うのは家業の手伝いの意味ではなく、「仕事」とは原稿紙に向うことだった。

彼が信子の愛読する林芙美子の小説を通俗だと軽蔑するのは、それには「高い文学性がない」こと、「心理描写が低俗」なこと、「文章には知性がなく、洗練された感覚がない」こと、そして何よりも「文学的な哲学性によるイデーに構築された深遠で冥《めい》想《そう》的な美がない」ことなどからだった。

「方言などに感心しては駄目だな。あんな土俗的なものを小説から追放せんと日本の文学は高次元のものにならん。会話は人間の言葉をそのまま写すのじゃのうて、人工の美で創造されたものでなくちゃならんね」

下坂一夫の言葉にも東京語と地方語とがまじっていた。が、それはともかくとして、その立派な文学的主張と、彼が同人雑誌に発表する作品とは、信子からみて、どうも一致していない。やたらと多いむつかしい観念語、その間の古臭い常套語《じょうとうご》、紙のようにうすい登場人物の性格、よく判らない心理描写、生硬な会話、少しも頭に浮んでこない情景、やたらとこみ入って混乱を生じている文章、さっぱり面白くない内容。

——

坊城のような漁港町とちがって、唐津市には大きな書店が三つもあった。そこには各文芸雑誌が六部ずつ来ていた。返本はたいてい三部ていどだった。下坂一夫はそのうちの二誌を月極《つきぎ》めで取っていた。

小寺康司は千鳥旅館の、ほかに客がだれもいない四階に六日間ひっそりと影のように滞在していた。

応接台の上に原稿紙は置いているものの書いているふうには見えなかった。信子が錦《にしき》の間をいつのぞいても、彼は置ゴタツに膝《ひざ》を入れて本を読んでいるか、仰向《あおむ》きに横たわっているかしていた。怕《こわ》い顔で天井を睨《にら》んでいるときもあれば、寝息も立てずに睡《ねむ》っているときもあった。寝ているときも、眉根《まゆね》に寄せた皺《しわ》は消えていなかった。

小寺康司は、女中たちの前では滅多に見せなかったが、頬杖《ほおづえ》をつき、長い指で髪毛をむしった。原稿紙も二、三行書いただけで何枚も破り裂いた。せつなげに溜息《ためいき》を吐《つ》くかと思うと、ぼんやりとした眼を障子の外に投げたまま、ニタリと笑ったりした。自棄《やけ》を起したような独り笑いだった。

夕方と暁方《あけがた》には下の港から漁船が発動機を寒い潮に響かせて出て行ったり戻ったりした。昼間の入江は静かだったが、道を通る女たちや子供の声がうるさかった。

「錦の間のお客さんは変っとんさるねえ。毎日、なャァごともしんさらんで、寂しかなかじゃろうか?」

梅子が信子にきいた。

「寂しかあんもんね。ああして、小説ば書くのに、ひとり考えごとばしとらすとたい」

信子は答えた。

「そればってん、ここの旅館に入りんしゃってから、だいぶんなろうもん?」

「そぎゃん、気やすか小説がでくるもんね」

「そうかんた。読むとは、すぐに読んでしもうばってんね」

安子は、この町にたった一軒ある古本屋から小説雑誌を借り出し、愛欲小説を耽読《たんどく》していた。汚れないように古本屋が表紙にかけたうすいビニールには、魚油の臭《にお》いがしみついていた。

「ひょっとすると、あのお客さんは東京から逃げてきんさったのと違うじゃろうか?」

梅子が四階をさすように上に眼をむけて云った。

「なャァごとばして逃げてきんさったとね?」

信子は訊《き》き返した。

「女のことでややこしゅうなって、東京に居られんようになったのかもしれんばんた。ちょっと苦味走った顔の、よか男ぶりじゃけんなァ」

「そうたい。小説家ちゅうのは、自分のしたことばそのまんま書いて雑誌に載せるそうじゃけんな。そやから、男と女の色ごとがほんまに上手に書いてある。自分の経験ばしないと、あげなふうには書けんばんた。そいも、数多い女とやってみんことにはでけんけもんな」

安子は歯ぐきを出して笑った。

梅子もいっしょに笑った。

「そげんこつたい」

「きっと、そげな女とのもつれからこっちに逃げてきんさったとじゃろう。そいでのうと、どがんして、こげなところにひとりでおらすもんね。よりによって寒かときに」

信子は、小寺康司が小説を書きに季節はずれの坊城の町に来たものの構想がまとまらないのか書けずに苦しんでいると考えていた。が、梅子と安子の話を聞いているうちに、彼女らの推量もいちがいに斥《しりぞ》けられないものがあると思うようになった。小寺康司はここに来てから電話一つ東京にかけるでもなく、向うからかかってくるでもなかった。手紙を出した様子もなく、どこからも彼宛《あて》の郵便物はこなかった。小寺康司が果して愛欲小説を書く作家かどうかはわからないにしても、女の問題でここに逃避してきたことは考えられぬでもなかった。彼の苦しそうな様子は、ただ小説が書けないだけではなく、ほかに悩みがありそうだった。

3

ある日、小寺康司はその懊悩《おうのう》に疲れたように、西のほうを歩いてくると云《い》って一軒しかないタクシー屋から午前中に車をよんで出て行った。

係女中なので、信子は彼の留守に、錦《にしき》の間にひとりで入って掃除にかかった。応接台の上は本のほかにも雑多なものが置かれて散らかっていた。

彼女はその整頓《せいとん》にかかった。本を揃《そろ》えて横に積み、新聞をたたむつもりでとりのけると、その下から原稿紙があらわれた。万年筆の文字がいっぱい詰っている原稿であった。

気がひけたけれど、信子は好奇心にひかれて、つい、それを読んだ。読んでいるうちに、その描写の世界にひきずりこまれた。

惜しいことに、それはたったの六枚で、未完になっていた。

信子は、その六枚の原稿を読むだけでは満足できなくなった。人の書いたものをその留守中に偸《ぬす》み読みするだけでも気がひけるのに、それを書き写すとなるとさらに心が咎《とが》めた。が、思いきってそうせずにはいられなかった。

彼女は、この原稿を文学志望の下坂一夫に見せて彼の参考にしてやりたいと思った。下坂が書く文章は、その口から出る高邁《こうまい》な理屈とはうらはらに、どうひいき目にみても上手とはいえなかった。

彼のは使い古された語彙《ごい》や表現が多く、そうかと思うとよく分らない外国語がならび、意味のとれない新造語がはさまったりした。信子がよんでも、あきらかに使う場所を間違えた漢語がとびだしたりしていた。

当人は、凝ったつもりでも、そのために文脈が乱れ、述語が錯綜《さくそう》して、どれがどのように主語をうけているのやら判断するのに骨が折れた。

その判断に、読む方はまず困難な作業を強いられた。ようやくのことに内容に入れても、そのなかみは平板で、うすっぺらであった。とりたてていうほどの新鮮な視点もなく、せめて描写の一カ所だけでもきらっと光るものがあればいいのだが、それはまったくなく、ぜんたいが焼けた鉛のように鈍重であった。

小寺の六枚の原稿は、写生風な文章と思われたが、さすがに練達な描写だった。べつに意気ごんだところはないのだが、用語の適切と緊密な文体で、内容が読む者にいきいきと眼に浮び上ってきた。

それに簡潔な文章だから、文字にしてないところまでイメージをもたせていた。省略した部分に読む側に想像をかきたてさせるような、色合い豊かな空間があった。

同人雑誌に載っている下坂一夫の小説と比較にはならないが、わずか六枚ながら信子は書き写しているうちに、素人《しろうと》と玄人《くろうと》の違いがはっきりとわかった。その観察による描写、感情が読む者に直截《ちょくせつ》に移ってくる表現、無駄のない、択《えら》ばれた字句などに感《かん》歎《たん》した。

この六枚の書き写しが、下坂一夫の文章の上達に役に立てばと信子はペンに念《おも》いをこめた。

「海峡文学」というその同人雑誌には、七人の同人がたてこもっている。「小説家」が四人、「詩人」が二人、「評論家」が一人であった。発行所は唐津市の下坂の家で、下坂陶芸店内となっていた。唐津市が中心で、東は福岡市の西郊まで同人がひろがっている。季刊で、平均百五十ページ。表紙は福岡市在住の二科会所属の画家に二色刷りであがるように描いてもらった。唐津市の印刷屋にたのみ、部数は二百部だった。

そのうち、百部を贈呈用にしている。創刊から三年つづいていた。

同人たちは、みんな若く、去年結婚した男をのぞけば独身であった。会社員、地方公務員、工員、農協職員、漁船員、商店員で、勤め人ばかりだった。

それで、陶器店の次男である下坂一夫が出版費用の半分を負担することになっていた。が、他の同人たちは決められた分担金をきちんとは払わなかった。

彼らは下坂にいろいろと言いわけをした。が、勤め人であれば懐《ふところ》具合の苦しさからいって、あまり責められもしなかった。そのぶん、下坂一夫が負担しなければならなかった。そのかわり、しぜんと彼が「海峡文学」の代表者のような位置になった。この場合でも出資金の多いほうが他から立てられる。

が、下坂一夫も決して楽ではなかった。市内では有名な陶器店の息子だが、次男坊の彼は父親から店員なみの給料をもらっている身だった。それに、長男の兄貴が店の支配人格をしている。この兄貴の監視が厳重で、売上げ金をごまかすというのが簡単にはゆかない。下坂は信子にそう云っていた。

（今度も、印刷屋に払う金が足りない。金ば貸してくれろ）

会うと、下坂は信子にたのんだ。

貸してくれというだけで、下坂がこれまで金を返してくれたためしはなかった。貸せというのも強制的だった。女の身体《からだ》を自分のものにしている男の特権からだろう、返済ははじめから考えてないようだった。

(「海峡文学」は中央の文壇から注目されとる。いまに同人のなかから文壇に出る者があらわれる。そのために、贈呈本の百部のうち六十部は東京の作家や評論家や雑誌、新聞社に郵送しとる。その郵送料にしても、ばかにならんけんな。まあ、それでもええ。「海峡文学」から文学賞をもらう奴《やつ》が出てきたら、それだけでも「海峡文学」ば出したかいがある。金が少々かかってもしょうがなか。ムダづかいしとるのとは違う。それだけのねうちがある。これまで三回ほど、ウチに載った同人の作品が「文芸界」に批評されとるけんな)

「文芸界」は東京の大手出版社から出ている文芸雑誌で、そこで作品が批評されたというのは同誌の「同人雑誌評」の欄であった。

その欄に「海峡文学」の名がゴシック体活字で出され、とりあげられた作品名と作者名とが、7ポイント活字のベタ組みの間に匍《は》っていた。批評はいつも一行か二行ばかりだったが、それほど悪くは書かれてなかった。そこには文学青年たちを失望させることのないよう選者のほどよい手心が加えられていたが、同時に熱意もなかった。

将来、「海峡文学」から文学賞の受賞者が出たり、または他の方法で文壇に登場する者があるとしたら、そのいちばんの可能性は自分だと下坂一夫は信子に云っていた。彼は他の同人たちにはあまり才能がないと批評し、文学のことをまるで知っていないとこぼした。

下坂一夫の文学の知識というのは、唐津市内の書店から月極《つきぎ》めで取っている二つの文学雑誌を読んでのことだった（そのため、書店から取次店への二つの文学雑誌の返本数は確実に一部ずつは減っていた）。彼のむつかしい文芸理論はそれから得られたものであり、彼の創作はそれに載った数多くの小説に影響されたものだった。こんがらがった糸のような文脈も、脱落があるのではないかと思われるような続かない文章も、外国語や漢語がならぶことも、実はそれらの作品に習ったものだった。林芙美子《ふみこ》が軽蔑《けいべつ》されるのもまたそこからきていた。

信子は、下坂一夫にここ一年半の間に五十万円ばかり貸していた。彼と秘密のうちに交渉をもつようになったのはその半年前だから、たいそう早い信用のしかたである。というのは、信子の貸した五十万円というのが苦労して得た金だったからだ。彼女は千鳥旅館には住みこみだったので、固定給は月に六万円だった。それに客からの「心づけ」（チップ）があった。春から夏にかけてのシーズンになると客がたてこむので「心づけ」も多く、月に七万円くらいになった。が、秋と冬は、とくに冬は、客がさっぱり入らなかった。小寺康司のような客はとくべつなのである。

そういったわずかな収入のなかからの五十万円なので、信子にとっては多額であった。

だが、それも下坂一夫の云うとおりだと、貸した金に意義があり、張り合いがあるのだが、信子には彼の言葉どおりに彼が中央文壇に認められる日までは、ほど遠い距離があると思われた。けれども、愛している男が自信をもって熱心にそう言うのだから、頼りないけれど、できるだけの援助はしなければと心にきめていた。

しかし、下坂一夫には彼女の不安があった。それは彼が唐津市内の飲み屋やバアだけではなく、博多《はかた》まで出かけてバアなどに遊んでいるという噂《うわさ》だった。もともと酒好きであった。唐津と博多の間は列車で一時間くらいである。

その噂を信子に伝えるのは、「海峡文学」の同人で漁業会社に働いている古賀吾市だった。漁船に乗りこまない日に古賀は「小説」を書いている。下坂によって文学的才能のない男と云われた一人であった。

信子と下坂一夫との仲は、だれにも知られなかった。週一回、旅館から休みをとる日のどれかを利用するのだが、前日に信子が公衆電話で下坂陶芸店に電話する。本人でないときはもちろん偽名をつかった。焼物を注文するようなふりをすることもあって、名前をいくつかに使い分けた。下坂一夫は外まわりをしている。

落ち合うのは、唐津駅の待合室だった。互いの姿を認め合うと、人ごみの中を下坂一夫が何げない様子で寄ってきて、彼女にすばやく紙片をにぎらせる。メモには行先が走り書きしてある。たいてい列車で三、四十分くらいの距離の駅であった。唐津には二つの路線が集っていた。

信子だけが列車に乗った。メモの駅に降りて外に出ると、下坂の車がやってくる。距離をおいて徐行する車のあとを信子が歩くことになる。あたりの様子をたしかめてから、前の車は停り、信子は後部座席に急いで入る。下坂は要心深く、彼女を助手席にならんで坐《すわ》らせることはしなかった。後部座席でも、なるべく窓から顔が見えないように身をかがめるようにしろと云いつけた。どこで知った顔に遇《あ》うか分らないからだった。

車の行先は、モーテル直行だったり、山の蔭《かげ》だったり、海岸の松林の中だったりした。そこで下坂に抱かれることもあれば、話をしてそのあとでモーテルに行くこともある。なるべく違った家をえらんだ。近ごろのことで、博多から唐津にかけて、また一方では佐賀市から多久《たく》にかけてモーテルが点在していたが、むろん博多・唐津間の街道沿いが圧倒的に多かった。モーテルでは他の客にも従業員にも顔を見られない便利さがあった。もっとも従業員から絶対に顔を見られないという保証はなかったが。

帰りは下坂が車で適当な駅の近くまで送った。そこでも彼は周囲を見まわし、知った人間が歩いていないかどうかの安全性をたしかめてから信子を落した。彼は車で疾走し、信子は駅から列車に乗って坊城の町に帰る。

そういう方法をとってきたこの二年の間、まだだれにも二人の関係を知られることなく済んだ。

漁船員の古賀は坊城の港町に住んでいる。旅館の信子とは顔見知りなので、その気やすさから同人雑誌仲間の話をしているだけであった。信子がいつもその話題には興味の反応を示すので、古賀としてもしゃべり甲斐《がい》があったのだった。

小寺康司は三日目に千鳥旅館に帰った。ふらりと出て行ったときと同じ調子で、飄《ひょう》然《ぜん》と戻ってきた。

信子は小寺の部屋に茶を持って行った。が、彼女は、彼の留守に原稿六枚を偸み読みしただけでなく、黙って書き写した後めたさで、しばらく彼の顔をまともに見ることができなかった。態度がどうしてもぎこちないものになった。

「部屋を片づけてくれて、ありがとう」

小寺は信子を見て礼をいった。

信子は「犯行」を看破《みやぶ》られたのではないかとぎくりとしたが、彼の様子は、乱雑にして出た部屋が掃除された謝意をすなおにあらわしていた。

机の上のものは、小寺が置いて行った状態のままで片づけてあった。書籍、雑誌、新聞、赤鉛筆、万年筆といったものが、もとの順序どおりに整頓され、例の書きかけの六枚も五十枚綴《と》じの原稿用紙にくっついたままで新聞の下になっていた。前と違うのは、原稿をかくすように上にのせたその新聞が、きちんと折りたたんであるだけだった。

信子は小寺の顔を見るのがまぶしかった。六枚の原稿をかくれて写し取ったのが、まるで実物を盗んだような気持であった。けれども、単に眼で文字を追うのと、それを書き取るのとは、咀嚼《そしやく》に大きな違いがあった。彼女は、専門家の技倆《ぎりよう》といったものをあらためて知った。つまり彼女が小寺の顔を眩《まぶ》しく感じたのは、小さな罪の意識と尊敬の念とが入りまじっているからだった。

だが、それは信子が思うだけで、小寺の顔も様子も前と変らなかった。むしろ、その眉間《みけん》の縦皺《たてじわ》は深くなり、頬桁《ほおげた》の影は尖《とが》り、顎《あご》はさらに尖ってきたようにみえた。

「何処《どこ》かご見物においでになさいましたと？」

信子は茶を出したあと、遠慮そうに小寺にきいた。係りの女中として習慣的な愛想でもあったが、詫《わ》びの気持も入っていた。それに、小寺の行先が気にかからないでもなかった。戻ってきた彼がひどく疲れた表情だったからだ。

「平戸のほうを歩いてきたけどね」

「平戸に？　景色のよかとこでございましょう？　島のたくさんあって。わたしはまだ行ったことはございませんが」

「たしかに景色はいいね」

が、小寺のその言葉に感情がないことは、その投げやりな調子でも分った。

この小説家は平戸を見物して歩いたのではない。原稿を書き悩んで、それを打開するために、気分の転換を求めに行ったのだと信子は察した。しかし、それは不成功だったようだ。行き詰ったまま戻ってきたのだろう、それが彼の苛々《いらいら》した様子にあらわれている。専門の小説家はやはり仕事に真剣なものだと思った。

小寺康司はその晩泊って、あくる朝早く、福岡から東京行の飛行機に乗るために引きあげて行った。

「お世話になりました」

十日間滞在して、けっきょく書けなかった小寺康司は、発《た》つ前に疲労した微笑を見せ、心付けとして五千円を、拒む彼女に押しつけた。

「また、どうぞ。こんどは春か夏の気候のよかときにお越しください。お待ちしております」

「ありがとう。そうしましょう。……あなたも、林芙美子さんのように小説を勉強してください」

小説家の憔悴《しょうすい》した眼が、タクシーの窓から、見送りに立っている信子に、最後に微《わ》笑《ら》いを投げた。

客が去った直後の、まだ体臭が残っているような部屋を信子は掃除した。紙屑《かみくず》の中を見ると、あの六枚の原稿が二つに裂かれ突込んであった。

信子は動悸《どうき》がうった。まるでその留守に自分が書き写したのを小寺康司が見抜いて、それで彼が原稿を引き裂いたように思えた。タクシーから最後に投げた彼の言葉が胸に突きささった。

信子は反古《ほご》になった原稿を懐に入れ、掃除が終ったあと、鋏《はさみ》を帯の間に忍ばせて岸壁のほうへ行った。あたりに通る者もなく、舫《もや》っている漁船の上にも人影がないのを見すますと、二つに裂かれた六枚の原稿に鋏をこまかく入れた。小さな紙片が両手の中に溜《たま》ると、岸壁の先から海に投じた。その紙吹雪は、寒風に思いがけない激しい勢いで散ったが、やがて波の上に落ち、呑《の》まれていった。向う側には旧《ふる》いお女郎屋の家なみが、冬の鈍い陽ざしの下に暗く、ひっそりと沈んでいた。

4

真野信子が、小寺康司の原稿六枚を書き写したものを、下坂一夫に手渡したのは或《あ》るモーテルの中であった。

そこは唐津・福岡間の往還に沿った海際《ぎわ》の町であった。奈良時代には遣唐使の船が風待ちしたというその湊《みなと》は、いまは漁師町が縮小し、博多の郊外という感じになっていた。

それでも海浜沿いの松原は残され、ところどころには波打際に落ちこむ切り立った崖《がけ》もあった。モーテルはその松林の中に、大きな化粧看板を掲げていた。深く入った湾の向うには富士山に似た円錐《えんすい》形の山があった。

モーテルの浴衣《ゆかた》でベッドに腰かけた下坂一夫は、信子の筆蹟《ひっせき》になる四百字詰原稿六枚ぶんの便箋《びんせん》をめくり、眼で追った。

「あんまりよか文章とは思わんけどなあ。文体も古かごとある」

彼は読後感を云《い》った。少々、索漠とした表情であった。

下坂は、小寺康司の名前を知っていた。信子から小寺康司が千鳥旅館に十日ほど滞在したと聞いたとき、眼をまるくした。

「小寺康司が？　まさか？」

彼は半信半疑で、

「そいつは、ニセ者じゃないじゃろうか？」

と、容易に信用できない顔つきであった。

「そればってん、ほんに小説家のごとしとらしたよ。脂気《あぶらけ》のなかバサバサの長か髪ばして、蒼白《あおじろ》い顔の、頰の瘦《や》せこけて、眼ばかり神経質に光らせとんしゃった」

信子はその客がニセ者とは考えられないことを云った。

下坂とならんでベッドにかけた彼女は、その着ているモーテルの浴衣が皺《しわ》だらけなのを気にして、衿《えり》をかき合せながら手で伸ばしていた。髪はもつれていた。むっくりとした膝《ひざ》の上では、台をあてたように皺がのびた。

年齢はどのくらい、動作に何か特徴があったか、言葉つかいはどんなふうだったか、などと下坂は次々と信子に訊《き》いた。

「あんたが、そげなふうに聞きんしゃるには、その小寺康司さんちゅうのは、名のある小説家のごとあるねえ?」

信子は、いちいち答えたあとで問い返した。

「有名だよ。まあ、週刊誌ばかり読んどるおまえらは知らんじゃろけどな、純文学の作家じゃ。文芸雑誌をとっとる者で、その名を知らん者はおらんたい。作品を発表すれば、かならず文芸時評の評判になるし、本になれば、新聞の書評欄の目立つところに大きく出る」

「まあ、そげん偉か小説家ね?」

信子は、自分が係りとなって世話していた錦《にしき》の間の客を思い浮べて眼をみはった。

「中堅作家の錚々《そうそう》たる地位にある、小寺康司はな。もっとも、このごろはあんまり作品ば発表せんようじゃが」

「そいじゃなかろうかな、一夫さん。そのお客さんは、なかなか原稿が書けんで、苦しそうにしとらしたよ。机の前にむかって頭の毛ばこげなふうにかきむしって、唸《うな》っとらしたもんな。そいで、平戸のほうさへ行って三晩泊って戻りんしゃったけど、やっぱり原稿は書けなかった様子で、とうとう諦《あきら》めて東京さへ帰りんしゃったばな。そのときは、もう、顔のやつれ果てて……」

「小寺康司が泊っている間に、どうしておれにそう教えんかったのか？　知らせてくれたら、すぐに千鳥旅館に行って見るのに。そしたら、そいがニセ者かホン者か、顔を見たら、すぐにおれには見分けがついたのに。小寺康司の写真は、文芸雑誌のグラビアか対談の写真によく出てくるからな」

二つの文芸雑誌の月極《つきぎ》め購読者下坂一夫は優越意識とともに不満を云った。

「ばってん、あんたは半月の間は原稿ば書くからわたしには会えんと云うとったじゃないの？　ちょうどそのときにあたっとったけん、連絡はするなというあんたの言葉を守って、なにも知らせがでけんじゃったとたい」

信子は、それにかけてうらめしそうに男へ云った。

「ああ、そうだったか。おれも『海峡文学』の締切の迫っとったけんな。百二十枚ばかり書くのに、ふうふう云うとった」

下坂は折れて、「仕事」の苦労を口吻《こうふん》に出した。

「どがんして、そげん長う書かんばでけんと？」

「ほかの奴《やつ》らが書かんからな。古賀も真崎も、なんのかんのと云い訳して、この次にはちゅうて一寸延ばししている。才能のなか連中を責めるよりも、おれが仕方なしに書いとるとたい」

同人古賀は坊城町の漁船乗組員であり、真崎は農協の事務員であった。古賀も真崎も、佐賀県に多い姓である。

「そげな無理ばして、同人雑誌ばきちんきちんと出さんばでけんとね？」

信子は、下坂が百二十枚を「仕方なしに書いている」という言葉が気になった。そんな気持で、よい作品ができるであろうか。

「クォータリーと決めとるからな。一号でも休んだら、東京の文芸雑誌の編集部に信用が無《の》うなる。そしたら、全国同人雑誌評にもとりあげてもらえんようになる。あそこで、おれの才能を認めてもらうんだ。だから、どうしても出さんばでけん」

下坂は力んだ顔になった。

——そういえば、その季刊の同人雑誌を出すために、信子は彼に五十万円の金を貸しているが、恋人はそれについて一言半句もふれなかった。

信子は、小寺康司が著名な中堅の小説家だと下坂一夫から聞いたとき、いかにも作家らしいその風貌《ふうぼう》と執筆態度——実際には執筆しているのを見かけなかったが、筆をとろうとして容易にそれができない深刻な様子に想《おも》い当った。

彼女は、彫心鏤骨《ちょうしんるこつ》という言葉は知らなかったが、専門作家が一つの作品文章を書くのに、いかに骨身を削る思いをしているかを、いまさらのように眼《ま》のあたりに見た感じであった。小寺康司の瞳《ひとみ》は苛立《いらだ》たしそうに始終動き、眉間《みけん》の神経質な皺は深まり、十日の間ではあったが、頬桁《ほおげた》がげっそりと落ちたのがはたにもわかった。帰るときも、憔悴《しょうすい》しきっていた。

あれが、小説家のほんとうの姿であろう。いや、すでに名を成しているという作家ですら、あのように作品と苦闘するのに、まだ小説を勉強中の下坂一夫の創作態度はあまりに安易ではなかろうか。あまりにも自信がありすぎる。

口では、肩をそびやかしてむつかしい抽象的な文学理論を云い、文学雑誌に載った小説を専門用語を交えて批評するが、自分の小説についての反省や検討はあまりしていないようである。彼の小説というのは、文章がこんがらかっていて脈絡がよくとれないし、こっちのほうで見当をつけて読まなければならない。信子はあまり知らないけれど、誤訳の多い、しかも悪文で訳された飜訳《ほんやく》小説を読むようであった。描写は少しも眼に浮び上ってこない。そうして読み終ったあとは、何を書こうとしているのか意図は曖昧模糊《あいまいもこ》であった。残るのは疲労と、平板な題材と、印象のうすさであった。

それなのに、彼は信子が書き写した小寺康司の文章には、まったく感動も興味も示さなかった。

「もしその客がほんとに小寺康司としたら、案外、つまらん文章を書くなァ」

下坂は、その書き写しの便箋の数枚を、ベッドわきのサイドテーブルにぽんと投げ、かわりにその上のビールをとってコップに注いだ。

信子は、そうは思えなかった。さすがに専門家だけのことはある。文章は、ある場面の写生ふうなものだが、そのわずか六枚にも心が吸いこまれるような魅力があった。これが専門小説家の技術というものであろう。

こんな巧《うま》い文章を書きながら、小寺康司はどうしてあとをつづけずに書くのを中止してしまったのだろうか。それがふしぎでならない。

だが、それは素人《しろうと》の眼というものだろう、小寺康司ぐらいの作家となれば、これでも自分の気に入ったものではなかったにちがいない。だから、あとを書かずに諦めてしまったのだ。

そこに、より完全なものを求めようとする専門作家の精進のようなものが信子には感じられた。それなのに、恋人の下坂一夫の創作態度には、少しも真剣さがみられなかった。初対面の人に会えば、「ぼく、作家の下坂一夫です」と名乗って傲然《ごうぜん》としているが、その倨傲《きよごう》には、横着と怠惰と自己満足とが腕組みしていた。

信子は、小寺康司の文章に下坂が少しも反応を示さないのに失望し、落胆をした。この六枚の原稿の写しが、彼を驚歎《きようたん》させ、刺戟《しげき》し、昂奮《こうふん》させ、さぞかし彼の小説作法の上に役立つだろうと期待していたのに、それはまったく裏切られたのだった。

「こげな陳腐な文章は、もう時代おくれたい。今はもっと新しか表現の流行《はや》っとるばってな」

下坂は、信子の不足顔を見ると、コップのビールを呷《あお》り、語勢を強めて云った。昂奮すると、彼のほうが標準語を完全に捨て、自身が軽蔑《けいべつ》する佐賀弁まる出しとなった。

「おまえは、文芸雑誌ば見とらんけん分るまいばってん、新進作家の小説は文体からして前とはころりと変っとるばん。新しか世代が新しか文学ばさげて、どんどん進出してきとる。こげな古臭い文章ば書く小寺康司はもうダメたい。小寺もそれが自分に分っとるけん、書けんとたい。行きつまっとるとじゃ。おまえが見た小寺康司の苛々《いらいら》は、その行き詰りと、新しか文学の書き手の進出とにおびえとるんじゃ。ほら、おまえも名前ば知っとる芥川龍之介《あくたがわりゆうのすけ》なあ、自殺したろ？　あの自殺でんが、新しか文学のさん）飲んだとたい。漠然とした不安、という有名な言葉の遺書ばのこしてなァ。古か文学は、新しか文学の前にほろびるとたい。おれはな、その新しか文学ば書いとるとじゃ。おまえには、こいがよう分るまいのう。せっかくばってん、小寺康司のこの文章ば書き写して来よっても、おいにはなんの役にも立たんぼ」

起って自分がそいに敗《ま》けそうに思うて、そいにおびえて睡眠薬ばよんにゅうに（たく

下坂はビールのために言葉が浮き、一気にしゃべった。

信子は聞くだけで、返事ができなかった。恋人がそう云っても、小寺康司の文章はうまいと思って。

下坂は、そうした信子の納得がゆかなそうな横顔にさぐるような視線をむけた。眼の表情には文学の話題とはまったく違った警戒の色がにじんでいた。自分が隠れてしていることを彼女が知り、それに思いあたって彼女の顔がふいと暗くなってきたのではないかと察してのようだった。

下坂はビールのコップをテーブルに戻すと、手を信子のうしろ頸《くび》にまわし、顔を自分の頰にひき寄せた。彼女の乱れたままの髪は彼の頰を擦《こす》った。その髪は硬質で、豊かであった。

彼は信子のよりかかってきた懐《ふところ》をひろげて手を入れた。糊《のり》のきいた浴衣はそのまま

皺だらけに揉《も》まれていたが、彼女が皺を伸ばしていた膝の上は、男の片手でいきなり裾《すそ》からめくりのけられた。

「もう、いっぺん」

これも波打っているシーツの上に、下坂は信子を浴びせ倒した。

朝刊の記事を見つけて、信子に知らせたのは安子だった。部屋の掃除をしているときで、安子がそこが見えるようにたたんだ新聞を片手に持って、小走りに入ってきた。

「信子しゃん。この人じゃなかったかね、ついこの間、錦の間に泊っとらしたお客さんは?」

社会面の下には一段組みで死亡者の記事がならんでいる。その最初に顔写真が出ていて、「小寺康司氏(作家)」と見出しのように活字がならんでいた。

信子は、その写真の顔を見ただけで、あっ、あの人だ、と口の中で叫んだ。

写真は、実物より少し肥《ふと》っていた。元気なときにうつしたものであろう。長い髪もきれいに撫《な》でつけ、眼のくぼみも頬の落ちも少なく、眉間の深い皺は見えず、柔和そうな顔であった。

信子は記事に眼を移した。

《三月二日午前二時五十分、都内新宿区の久留病院で死去。三十九歳。原因は心筋《しんきん》梗塞《こうそく》。一日の夜中から苦悶《くもん》を訴えはじめたので、救急車で同病院に入院したが、一時間後には意識不明となった。

氏は昭和三十二年ごろから小説を発表、清新な作風の新進作家として注目を浴びたが、三十六年に××文学賞を受賞、以来堅実な歩みで中堅作家の中心的存在の一人となった。現代人の不安を私小説ふうに展開し、軽妙ななかに暗鬱《あんうつ》をこめた表現と文章は高く評価され、後進の作家群にも影響を与えている。告別式は五日午後二時、自宅の大田区田園調布×××にて。喪主は夫人の智子さん。》

心筋梗塞。――

あの人は心臓が悪かったのだろうか。信子は窶《やつ》れきった小寺康司の顔を思い浮べた。蒼白い艶《つや》のない皮膚、隈《くま》どりのような眼窩《がんか》の窪《くぼ》み、削《そ》げた頬、尖《とが》った顎《あご》、弱々しい動作、あれは心臓疾患のせいだったのか。

それとも小説を書く苦しさが、心臓を圧迫して、とうとう死に追い詰めたのだろうか。信子の眼には、この旅館に滞在している間の、小寺康司の苦渋に満ちた顔がもう一度前に大きくひろがった。

下坂一夫は、芥川龍之介の遺書にあった「漠然とした不安」を、小寺康司にあてはめて云《い》ったものだ。小寺康司は、ほんとうに次にくる新しい文学に怯《おび》えて煩悶《はんもん》していたのだろうか。新しい文学がどのようなものか文芸雑誌を読まない信子には分らなかったけれど、下坂が書くようなものがその傾向を取っていたとすると、小寺康司は何も不安がることも恐れることもないような気がした。あの六枚の原稿を見ただけでも。

原稿の写しといえば、一夫はあの便箋《びんせん》を帰りがけにサイドテーブルの上からひょいとつかんで、邪魔臭そうにコートのポケットに突込んでいた。さんざんこきおろした文章だから、同人雑誌の仲間たちに見せて嘲笑《ちょうしょう》の材料にするのかもしれなかった。

(小寺康司もダメばんた。こげな古臭か文章ば書いて。これじゃァ、没落も時間の問題じゃったたい)

どこかにいる彼の声が聞えそうだった。

信子は、新聞の住所を見て、喪主の夫人あてに弔電を打った。文句は郵便局のヒナ形のを使って、きまりきったものだった。が、冥福《めいふく》を祈る気持のほか、六枚の原稿を無断で書き写し、それを他人に与えて嗤《わら》いの種にした謝罪の心をこめていた。

発信人は、単に「マノ」とした。喪主は知るまい。佐賀県坊城局発信の「マノ」が誰であるかを。――

5

四カ月経《た》った。

坊城の海にも町にも夏がきた。千鳥旅館は忙しくなり、対岸にみえる元遊廓《ゆうかく》の旅館やバアも生気をとりもどした。

四カ月は短い。けれども人によってはおそろしく充実した期間になることがある。ときにはその生涯の終りとなるようなことすら起る。

真野信子の場合がそれだった。

だが、その生涯の破滅となる原因は、きわめて世間にありふれた、平凡なそして非文学的な事柄であった。

信子は妊娠した。最初の原因がそれだった。

次の原因は、信子には分らないことだったが、下坂一夫が博多の女性と結婚しなければならぬことにあった。

結婚の羽目になったのは、博多の女性もまた妊娠し、それに、こっちの女のほうが気が強かったからである。彼女はバアにつとめていて、化粧ばえのする顔をもっていた。東京から来た女で、きれいで歯切れのいい東京弁を話した。正直なところ、下坂一夫はそれに魅力を感じたので、正確には結婚に追いつめられたというわけではない。早く踏み切らせたのはその女の妊娠であった。

気の強い女なので、下坂は結婚後、信子との間が知られたときの紛争をおそれた。ことに、信子に子供が生れたとなると、激闘は決定的となる。

それに外聞もあった。結婚匆々《そうそう》に子供が生れ、ほとんど同時に外に子供ができたとなると、どういうことになるか。両親や兄は激怒するだろう。実は、妊娠を理由にようやくのことで博多の女との結婚を両親に認めさせ、分家して下坂陶芸店の支店を博多に持たせてもらうことになっていたのである。そのための財産別《わ》けが認められた。信子とのことが暴露すれば、その一切が駄目になりそうだった。世間からのもの笑いになる。

信子は、妊娠四カ月になっていたが、下坂一夫がどのように頼んでも、中絶を承知しなかった。信子は、女の本能で、下坂に何かが起っていると直感した。坊城町の漁船員で「海峡文学」の同人古賀吾市から、それとなく聞いた下坂の話もある。彼は博多のバアによく行っているというのである。

信子は下坂との結婚がすぐには実現が困難だとわかっていたので、その要求はしなかったが、とにかく子供を生んでいっしょになる時期を待っていると云《い》った。彼女は辛抱強い女だったが、子供を生むことに関してだけは、下坂の反対を強く押しのけていた。それには、下坂の否定にもかかわらず、彼が他の女と結婚するつもりではないかという疑惑と嫉妬《しっと》とがやはりあった。

その証拠に、控え目な信子が、もしもほかの女と結婚するようなことがあれば、いままで隠していた二人の仲を発表し、生れた子を相手の女性に見せると云った。日ごろおとなしい女だけに、その語気には凄愴《せいそう》なものがこもっていた。

こうした話合いは、月に二度の逢引《あいび》きの際におこなわれた。だから、周囲で知る者はだれもなかった。

話合いが長びくと、それだけ胎児は成長する。四月《よつき》が過ぎようとしていた。五月《いつつき》になると、旅館の者も気がついてくる。そうでなくとも、朋輩《ほうばい》の梅子や安子といっしょに風呂《ふろ》に入るときは神経を使うといった。

下坂一夫は決意した。

七月の終り、信子の休みに彼は唐津街道（唐津・博多間）の小高い丘にあるモーテルで彼女と会った。モーテルはそのつどなるべく変えるようにしていた。彼女が妊娠したと聞いてからは、初めてのモーテルばかりをえらんでいた。

「おれは、おまえといっしょになろうと思うている。子供もできとることだしな」

下坂一夫は云った。

「ほんなことね？」

信子は、ぱっと顔を輝かした。

「お父さんやお母さんに打ちあけてくんさったの？」

「うん。話した。この前な」

下坂は信子の手をさすった。

「それで、どがん云いさったの？」

「子供ばできるんやったら、しょうがなかの、おまえの好きなようにするがええというとった」

「機嫌の悪かったと？」

信子は下をむいて、心配そうに訊《き》いた。

「いや、そうでもなかったな。時期をみて早う結婚するがよかと云ってたから」

「時期を見て？」

信子は、また顔をあげた。

「うん。なんちゅうても事情が事情けん、いますぐちゅうわけにはいかん、あと、半年ぐらいさきにしたらどうか、と云っていた。おれも結婚を認めてもらったのやから、そう親に無理も云えんやった。世帯をもつからには、金ももらわんならんしな」

「半年も先やったら、子供が生れてしもうばんた」

「さ、それじゃから、お前も旅館ば来月の終りごろにはやめて、どこかアパートでも借りて、待っとれや。この次のお前の休みには、そのアパートば探しに行こう」

「うれしか。いっしょになれるんやったら、半年でも一年でも待ちますたい」

信子は彼にとりつき、泪《なみだ》を頬に流した。

「旅館のほうにも、やめるちゅうことを前もって云っといたほうがええな。けど、おれと結婚するちゅうことは、まだ隠しといたほうがよか。すぐにいっしょになるわけじゃないけんな。ただ、ほかに、……そうじゃな、大阪のほうによか働き口の話があったけん、そっちへ行くと云っといたほうがええ」

「それじゃ、だましたことになるじゃないの？」

「だましといたほうがええ。あとで、おれと結婚したときに、びっくり仰天させてやる。そのほうが、ずっと面白かよ」

「そうね。……」

多少、腑《ふ》に落ちない点もあったが、愛している男の云うことでもあるし、結婚をすなおに承知してくれたうえ、親の意向もそうだと聞いたうれしさに、信子は納得した。

「そうじゃな。この次の休みに千鳥旅館を出るときも、その大阪の働き口のことで、仲介者と博多で会うと云っておいたほうがよか。急にやめるよりも、前もって云っておいたほうがよかよ」

下坂一夫は助言した。

犯罪者の心理としては、犯罪の場所を自分の住む土地からなるべく遠いところに択《えら》びたがるものである。

八月に入って信子の休みは五日の木曜日だったが、彼女はこの前、唐津街道わきの丘に立つモーテルで下坂一夫に指示されたとおりに、同じ沿岸を走る鉄道の周船寺《すせんじ》という駅にひとりで降りた。

駅前の国道を東に二百メートルくらいパラソルをさして歩いて行くと、道端の茂った樹《き》の下に下坂の黒い中型車がとまっているのが見えた。

いつものように信子は後部の座席に入った。運転席の横だと目立つからと下坂が云うので、彼女は助手席には坐《すわ》れなかった。

「今日は、旅館のおかみさんには、どう云って出てきたとな？」

運転しながら下坂はやさしく訊いてきた。

「大阪の働き口のことで、博多の人さ相談に行くと云うて出ました」

ワンピースの信子は、彼のシャツの背中に顔を近づけて云った。シャツには汗の臭《にお》いが立っていた。

「それで、おれの名前は口に出さなかったろうな?」

「出すもんね。出したら、あんたにおこられるもんね」

「それでええ。いま、おれの名前を千鳥旅館に知られたら、都合が悪うなる。いっしょになる前は、誰にも云わんでおくのじゃ」

「あんたの云いつけは守っております」

「それで、今日出てくるのに、おかみさんやほかの女中にカンづかれはせんじゃったろうな?」

「あんたに会うのは、だァれも気づいとらんたい」

「うむ。おかみさんの機嫌はどうじゃった?」

「機嫌のよかはずはなか。いまが旅館のいちばん忙しかときじゃもんね。海水浴の家族づれや団体さんのたくさん来とらすもん。けど、わたしが大阪に行くのを話してあるけん、おかみさんも、もう諦《あきら》めとらすよ。その話で博多さ行くのじゃけん、もう尻《しり》のすわらん女になっとるとアテにはしておんさらんもようばんた」

「うむ。それで、よか」

下坂一夫は満足そうにハンドルを動かしていた。その前の窓には、強い陽をうけた真白い道路が流れてきていた。

「博多は、どのへんのアパートば見に行くとですな、一夫さん?」

「博多は町なかはアパート代が高かよ。もう少し、田舎へ寄ったほうのアパートを見に行こう。おまえも勤めに出るとじゃなし、田舎のほうが、かえって落ちつく」

「そりゃ、そのほうがよか。部屋代の安いほうがよかさい」

下坂一夫は、信子が今日の外出に際して、会う相手の名前をだれにも洩《も》らさなかったこと、大阪の働き口のことで博多の仲介者のもとに行くと云ったこと、そのために千鳥旅館ではもはや彼女が浮足立っているとみて冷淡になっていること、などを確認して満足した。

彼の車は博多の街を通り抜け、広い国道3号線を東にむけて走った。箱崎、香椎《かしい》、古賀をすぎた。このへんは福岡市の郊外といってもよく、古い町なみに新しい団地や住宅がたちならび接続していた。後部座席にひとり坐っている信子は伸び上って眼を左右に動かしていた。自分の入るアパートのモデルを想像しているようだった。国道は灼《や》け、先のほうに逃げ水がゆらいでいた。

福間をすぎた。左側に「宮地嶽《みやじだけ》神社参拝口」の大きな立看板が見えた。信子は小さく手を拍《う》って頭をさげた。冷房が軽い音を立てていた。

東郷を通り抜けた。左手に「宗像《むなかた》神社参拝口」の大きな案内看板が見えた。信子はそれにも拝んだ。赤間をすぎたが、下坂はまだ車の速度を落そうとはしなかった。博多よりもすでに北九州市の西の入口折尾に近かった。

赤間から先は山間部に入る。車は国道3号線の上り勾配《こうばい》を登る。右側の鉄道はトンネルに入っている。

「一夫さん。こげん遠かとこのアパートに入るとね?」

信子が心細くなったらしく座席から訊いた。沿道の新しい住宅は途切れ、農家が多くなっていた。

「うん。田舎のほうが空気がええから、おまえの健康にもええ。遠いというても、このへんからだと博多までは列車で三十分、バスだと一時間もかからんけんな」

たしかにそのとおりだったが、環境があまりに寂しすぎてみえた。が、信子は下坂がそんなにもお腹《なか》の子供と自分の身体《からだ》のことを気づかってくれているかと思うとうれしかった。

国道が下り坂になる手前で、下坂は左側にある道に車を入れた。せまい舗装の県道だったが、山の中である。

「あれ、どこさ行くとね、一夫さん?」

信子はおどろいたようにきいた。

「うん。ちょっと、海ば見に行こう。このへんの海も景色がよかけんな。それに冷房の中にばかりいて、身体がおかしゅうなったけん、海辺に出てオゾンを吸いとうなった」

信子は反対できなかった。彼女も車の冷房の中に長くいて、皮膚が不自然な感じだった。

「海は、ここから遠かと?」

「うん。ちょっとあるけど、車だと四十分もあれば着く。山道がつづくけどな」

その山道は夏の山林に包まれ、農家はとびとびにしか見ることができなかった。もり上るように繁《しげ》った森林は、強烈な日光のもとに瘴癘《しょうれい》の気を発しているようだった。県道は旧道を手直ししただけだったから、曲りくねっていた。それに五百メートルの高い山塊の間なので、急坂ばかりがつづいた。農家の小さな集落の前をときどき過ぎた。

見通しのよくない道を曲ったとき、下坂はハンドルを横に切って急ブレーキをかけた。信子は座席に傾いた。

「どうしたと？」

信子が叫ぶようにきいた。

「犬を轢《ひ》いたらしか。横から飛びこんで来たもんやから」

車を停めた下坂はドアを開けて降りた。

犬のけたたましい悲鳴が聞えていた。左手の農家から中年の女が走ってきた。

「タロ、タロ」

簡単服の主婦は顔色を変えて犬の名を呼んだ。芝犬は啼《な》きつづけながら主婦の傍《そば》に走ったが、びっこをひいていた。

肥《ふと》った主婦は雑種の芝犬を抱きあげ、前脚を調べていた。下坂はその傍に行き、いっしょに犬の脚をのぞいた。

「済みません。急に車の前へとび出してきたもんやから。刎《は》ねただけで、轢かんでまあよかったです」

犬は軽い骨折ですんだようだった。

主婦は、とび出した犬にも落度があると思って、

「タロよ。じゃから、おまえ、走りまわるんじゃなかと云うたろ。轢き殺されたら、どうするとな？」

と、抱いた犬の頭を撫《な》でて、下坂の謝りを無視していた。ついでに、車の信子をじろりと見上げた。

――犬を刎ねたばかりに、あの農家の女に自分たちの顔を見られたのは拙《まず》かったが、まあ、たいしたことはなかろう、と運転をつづけながら下坂一夫は自分に云い聞かせていた。とくに、信子の顔を見られたのがいけなかった。気をつけてきたのだが、犬が飛びこんでくるのまでは防げなかった。が、まあ、これも気にするほどのことはあるまい。どこの誰やら分りはしないのだ。一人の旅館の女中が就職のことで消えたのはここから遠い坊城町の出来事である。この山間《やまあい》の農家に伝わってくることではなかった。あの主婦も、犬が車に刎ねられたことなどはそのうちに忘れてしまうだろうし、信子の顔など印象から消えてしまうにちがいない、と思った。

車は、真夏の山道を登りつづけた。農家はどこにも見えなかった。暑い光を吸いこんだ噎《む》せかえるような森林と夏草の中である。

正面に高い山がある。橋倉山だった。山腹の密林が強い光に縞《しま》をつくっていた。

下坂一夫はその生い繁った草の間に車を乗り入れて停めた。

「どうしたと？」

信子がまわりを見た。

「うん。ここでひとまず降りてくれ。おまえを抱きとうなったたい。草の中で、ちょっと寝よう」

下坂はふり返ってニヤリと笑った。

「まあ、こげなところで？」

信子はびっくりし、つぎに顔を赧《あか》くした。

6

秋がきた。

四国地方のある県の県警捜査一課長香春《かわら》銀作は、日曜日に自宅の縁側に寝そべって、雑誌「文芸界」を拾い読みしていた。

四十歳近い捜査一課長がどうして文芸雑誌などをひもどくかと奇異にも思われるが、香春は高校のときから文学が好きで、大学では父親の頼みで法科に入ったものの、一時は文学で身を立てようかと思ったくらいである。

それで大学時代には文科の連中とつき合い、彼らのつくっている同人雑誌に加わったりしたが、とうてい職業的な小説家にはなり得ないことを自覚して、警察庁に入ったのだった。

だが、昔の夢は捨てきれず、ときどき文芸雑誌を買ってきてはめくっている。十代の終りごろから二十代のはじめにかけては何ごとに対しても感覚が新鮮《フレッシュ》で、文芸雑誌に載る評論にも小説にも感動をおぼえたものだったが、近ごろは年齢《とし》をとったのか、それとも文芸雑誌の評論や作品がつまらなくなったのか、以前ほど強い印象をうけることが滅多にない。

若い評論家の書くものは、抽象的な字句が多く、なんだか同じところをぐるぐるまわっていっこうに中心に入っていかない。そのぐるぐるとまわるのも難解な表現なので、もしかするとこの人は、書くことがないのに編集者に無理に書かせられて胡麻《ごま》化《か》しているのではないかと思ったり、あるいは当人に主題の中心に入ってゆく勇気がないため、周辺を低徊彷徨《ていかいほうこう》しているのではないかと思ったりする。

また著名な評論家は、外国文学の傾向を論じているように見せかけて実は作品の梗《こう》概《がい》に終っている。それも日本の文学には影響を及ぼしそうにない作家のものばかりである。

そうかと思うと、明治の小説をめぐって論争みたいなものがあるので、興味をそそられて読むと、作品にあらわれている作者の片想《かたおも》いの相手はA女であるとか、いや、それは違う、B女がほんとうだとか、次第に作品論をはなれてモデル考論争になっている。それも確かな実証があるではなし、警察用語でいえば、別々の捜査班がお互いに見込み捜査をやり合って、相手の班を冷笑したり悪口云《い》ったりしているのと、どこか似ていないでもないな、と思う。

小説のほうも単調で、なんだかすべて一色にぬりつぶされているような気がする。特徴のある作品にはめったに出遇《であ》わない。作者と二重焼きになったネガを見るような人物が出て、日常性の心理の襞《ひだ》へこまかく入って描写しているが、これまた深部に入っているのではなく、上っ面《つら》をおびんずるさまのように何度も何度もていねいに撫《な》でているだけである。ていねいに、というのは善意な言葉で、その描写がまた独り合点の悪文——下手糞《へたくそ》な文章なのに抽象的な修飾をやたらと挿入し、何を云おうとしているのか分らず、読みづらい活字の行列だけが残る。

作者はほとんど若い人らしいが、自己の浅い経験をさも深刻そうに書くので、その小説はかえってそらぞらしく浮き上る。あるいはそれを思索的表現で書いているが、その心理描写には少しも普遍性がない。こんな退屈なものをよくも百五十枚とか二百枚とか書くものだと思った。文芸雑誌の編集者は、こういうひどい原稿を「純文学作品」と思って集めるものらしい、と田舎に居る元文学青年の県警捜査一課長は思っている。

県警部内にも、文学好きの若い連中がいて、うすい同人雑誌を出している。香春捜査一課長が昔の文学青年と知って、小説の原稿を編集委員が頼みにきたりする。根が嫌いでないので、香春銀作は、忙しいのに年に二回ぐらいは小説をその同人雑誌に出す。たいていは三十枚ぐらいだが、頑張ってその倍近く書くこともあった。ペンネームによる彼の作品は本格小説である。

雑誌が出たあと、編集部内で同人らが寄って合評会を開く。香春はそんなところには出ないが、あとで合評会による作品評を委員が報告にきたりした。

委員の一人は、交通課の若い警察官である。

「課長さんの小説は、今度もあまり批評が芳《かんば》しくありませんでした」

「ほう、どうしてだね?」

香春は笑いながら訊《き》く。

「まず、文章がちょっと古臭いんじゃないかというんです」

「そうかもしれないね。このごろの小説の文章のように持ってまわった表現はできないからな。それに会話だって、近ごろの小説のように下手な飜訳文《ほんやくぶん》のようなものは書けない。ああいう気どった人工的な、国籍不明な言葉を読むと、肺臓がアレルギーを起しそうだね」

「それと、筋があまりにあり過ぎるというのです」

「ほう、小説には筋《プロット》があってはいけないのかね？」

「物語性がありすぎると、通俗になるからです。それは文学ではなく、〝読みもの〟になります」

「物語性があるのは文学的に純粋ではないと、前に偉い評論家が云ったことがあるね。ところが、いま、中堅の文芸評論家たちが口角泡をとばしている漱石《そうせき》の小説だって、みんな物語性があるよ。鷗外《おうがい》だって、一葉だって、露伴だって、龍之介《りゅうのすけ》だって、ドストエフスキーだって、トルストイだって、モウパッサンだって……」

「けど、課長さんのは、構成に破綻《はたん》が目立ちます」

「そりゃね、本格小説を書けば、当然に破綻は多少あるものさ。私小説は破綻が少なくてすむ。何となくはじまって何となく終ればいいんだからね。飼い猫と暮しているような話なら構成の破綻は目立たない。それだから批評家にほめられる。若い小説家は批評家に激賞されるのを目当てにそういう私小説まがいのものを書いてきたんじゃないかな。経験も体験も浅いのに無理してね。そういう作者にとっては、小説は自己のためでもなく、読者のためでもない、ひたすら原稿紙の前にならんで浮ぶ批評家誰々の讃《ほ》め言葉を当てこんでいる。こういう小説を書けば、きっとこんどの時評であいつがとりあげてくれるわい、とね」

「ま、ひとつ、この次はわれわれの合評会で評判のいいのをお書きください」

——そういう次第で、捜査一課長香春銀作は、いまも縁側で秋のおだやかな陽を肩から脚の先まで浴びて「文芸界」をめくっている。

呼びものになっている中堅作家の長い小説を読み終って、あくびをした。雑誌を持つ手もくたびれる。

眼を放つと、庭にすえた鉢植えの白い菊に蜂《はち》だか虻《あぶ》だかがとまって、縺《もつ》れた長い花弁の間にもぐりこもうとしている。花弁のふちは陽に光沢の括《くく》りをつけ、黒い蜂だか虻だかの小さな身体《からだ》についた片方の翅《はね》が震えるように伸びるたびにその先が光線の中にちらちらと出る。

鉢植えは去年、植木市の夜店で買ってきたものだが、しゃれた鉢の外装を解くと、素焼きのよごれた赤肌がむき出た。ほかの鉢に植えかえるのも面倒なので、そのままにしているが、きたならしい斑点《はんてん》も馴《な》れると抹茶茶碗《まっちゃぢゃわん》のような「景色」に見えないことはなく、それなりの愉《たの》しさが出てきた。——こういうのは私小説の題材にならんかなとふと思った。

香春はまた雑誌「文芸界」を手に持ち、こんどは枕《まくら》を頭の下に入れ直し、仰向《あおむ》けになってページをひろげた。

「重い」小説欄には飽いたので、巻末にある「同人雑誌評」というのを開いた。7ポイント活字の三段組みで、びっしりと詰めこんである。

《今月の雑誌総数百十七冊。うち、創刊誌九。詩誌七である。》

と、評者が冒頭に書いている。

すさまじい数量だ。この一冊に小説が三篇《ぺん》平均載っているとして三百五十篇を一カ月の締切日のうちに評者は読了し、その中から択《えら》び、批評を書かなければならない。評者は三人で読んでいるらしいが、読むだけでもたいへんな負担だ。それを考えると、香春は評者にいつも頭がさがる思いになる。

もっとも、自分たちの同人雑誌は一度もこの欄にとりあげられたことはなかった。というのは、レベルが低いからではなく、「文芸界」の編集部に雑誌を送らなかったからである。

「同人雑誌評」にとりあげられた結果、その雑誌が県警職員のものだと分ったとき、世間一般からむけられる不評を考慮してのことであった。

（警察は文学ごっこをしているのか。道理で近ごろ犯罪の検挙率が低下していると思った。そんな遊ぶヒマがあれば、もっと任務に身を入れろ）

そんな声が飛んで来そうである。

が、それはまだいいほうで、小説となると夫婦間の問題や愛欲関係も当然にテーマとなってくる。すると、それは作者つまり職員自身の身辺とか家庭とかを書いたものと推測される。

（警察官の綱紀も乱れたものだ）

と、云われそうである。

そうでなかったら、小説の材料は、警察官が被疑者やその証人たちを訊問《じんもん》した「事情聴取書」の内容によっているのではないかと誤解されそうである。

（警察官は、職務上知り得た他人の秘密を小説のネタにしているのか。重大な人権侵害である）

と、非難されそうである。

そういうおそれから、県警内の同人雑誌は一度も「文芸界」には送附していなかったのである。

もし、これを送っていたら、自分の作品はかならず「同人雑誌評」にとりあげられ、《この作者のものを見る眼はたしかで、構成といい、筆力といいずばぬけている。積み重ねられた文学歴といったものが感じられる。それほど安定し、しかも、迫力のある作品なのである。今月の佳作随一。》

といった評者の言葉をもらえるに違いなかった。

そう考えると残念だが、いまさらこの年齢《とし》になって「新進作家」になるつもりはさらさらないし、また、そううまくゆくとも思えなかった。まあ、他人の小説を読み、自分で批評し、うまいものだなァ、これじゃとてもかなわない、文学に早く見切りをつけてよかったと思ったり、なんと拙い小説だろう、これで一人前の作家として文壇ジャーナリズムに特別待遇されているのか、それじゃ自分も職業的小説家になれたかもしれないな、と思ったり、そんなことを夢うつつに考えながら、休日にこうして日向《ひなた》ぼっこをして文芸雑誌を拾い読みしている現在がまあ適当なところだろうと怠惰に紙を繰った。

「同人雑誌評」の面白さは、評者が拾いあげた掲載作品にはその荒筋が紹介されたり、文章の一節が出されたりして、それに評言が加えられていることである。この荒筋と文章の引用で、けっこう内容が想像でき、短評によって作品の質を推測することができる。

百十数冊の同人雑誌の小説からとりあげられただけに、内容というよりはその題材が多岐で、地方地方にはいろんな話があるものだと興味が湧《わ》く。職業作家が自分のせまい周辺から取材して締切に追われてつくりあげるよりも、はるかに世界がひろい。《いわゆる『純文学』雑誌に載っている小説の大半が小市民の生活報告に色づけしたものや、または身辺雑記の随筆程度のもの、あるいは大家、中堅作家による読書余録といった現状では、こういう同人雑誌作品を読むことが私には快いことである。もちろん職業作家の手なれた技巧には及ばないが、そのかわり、新鮮で、ひたむきなところに惹《ひ》かれる。》という評者の言葉は、やはり内容を想像してのことだが、香春にも同感できる。

《充分に読みごたえがあった。》《細部の描写がさりげないなかにじつによく生きている。》《イロニイ（皮肉）のきいた作品である。》《的確な文章で、見る眼もたしかである。》《みずみずしい情感にみちた筆で書かれている。》《最後の場面は迫力がある。》《その底には批判精神もあって、とにかくうまい。うますぎる。そこに不安がないでもないが。》《結末が心にくく、好短篇といってよかろう。》

これらは賞讃《しようさん》された批評で、なかには、《よく分らない内容と難解な文体。これは批評を拒否した作品であろう。》《不自然な設定がいたるところに眼につき、なんとも支離滅裂な作品である。》《どぎつい場面が次々とあらわれるが、こういう道具立てがないと小説の状況はつくれないとでも考えているのだろうか。》

と、おだやかな評者を怒らせるような作品もあるらしい。

香春が次第に読んでゆくと、こういう評言にゆきあたった。

《同人雑誌の小説には一つか二つ、場面描写に、きらっと光るものがあって、私たち評者をとらえることがある。が、それはぜんたいの文章の流れのなかであって、いわば一つの川面に陽がさして、そこだけがきわだっているといった感じである。統一された文体のなかのハイライト部分なのだが、ときにはその部分が他の文章よりも格段にすぐれていて眼をみはるようなのがある。作者がもっとも興趣を感じたところ、訴えたいところ、気魄《きはく》をもって書いたところ、いわば〝見せどころ〟といった部分は当然に出来がよいものだが、なかにはその部分だけが素晴しくよく、他の部分との落差の大きさを見せられるものがある。他の部分が、その出来のよいところのせめて半分でもできていたらなアと思うことがある。今月はその極端な例として「海峡文学」（秋季号・唐津市）の下坂一夫「野草」を出してみたい。この作品の内容は平凡というよりは水準にも達していないが、その中の六枚くらいの文章が実に美事《みごと》である。荒筋は省いて、そこだけを引用する。（二七三ページに掲載）

……》

これは型破りの同人雑誌評だと思い、香春は二七三ページを繰った。異例の扱いである。そこには別囲いで評者が推薦している文章（原稿紙六枚くらいか）があった。そこには別

読み終った香春銀作は、雑誌を伏せて、ぼんやりと視線を庭にむけた。「景色」まがいのきたない斑点のついた鉢の上には、相変らず菊が明るい陽を吸っている。花弁にもぐっていた蜂だか虻だかの姿は見えなくなっている。

香春銀作の眼にはあきらかに感銘があった。が、それは引用された文章から受けた文学的感動とは少々変っていた。もっと違った感動——元文学青年としてではなく、いうなれば県警捜査一課長としての職業的な動揺があった。

7

一つの筋につながる二つの場面が、時間を少しずらせて並行していた。

四国地方の或《あ》る県の県警捜査一課長が秋の陽ざしを浴びて自宅の縁側に寝ころびながら雑誌「文芸界」をめくっている時よりもひと月早い九月半ばのことだった。

だから、日光はまだ夏の名残りを帯びて強く、捜査一課長宅の鉢植えの菊は蕾《つぼみ》の前兆もないときであった。

下坂一夫は、博多の女性と結婚した。彼は父親の家を出て、福岡市内のアパートを借りて新妻と住んだ。

ほんとうなら、結婚とどうじに博多の商店街に下坂陶芸店の支店を開設するはずだったが、適当な店舗を見つけるよりも先に妻のお腹《なか》が大きくなってきたので、しばらくアパートにいて、ゆっくり開店の準備をすることにした。博多のバアにいた妻は景子といった。

景子は、博多から東の響灘《ひびきなだ》に面した漁村の針江《はりえ》というところにいる叔母の家に行きたがっていた。

この叔母は、唐津で挙げた結婚式には夫と共にもちろん参会した。下坂一夫はそのときはじめて会った。

「景子をよろしくたのみます。こんな良縁を得て、わたしらも安心しました。まあ、わたしたちも力が足りなくて、景子の世話を十分にすることができませんでしたが、おかげで立派なところに嫁《ゆ》けて、よろこんでおります」

叔母は泪《なみだ》を溜《た》めて、一夫に感謝した。

叔母のつれあいというのは、父親の代まで針江の網元だったが、この漁港が衰えるにつれてそれをやめ、いまではあまりひろくない山林《やま》だけを持っていた。その叔父は土地の高校の国語科教師で、かたわら神社の神主をつとめていた。彼はそういう教育をする東京の大学を出ていた。景子の叔母と結ばれたのも、在学のときだった。

景子が東京から博多に来たのも、はじめはその叔母をたよってだったが、そんな叔母の家にいつまでもぶらぶらしているわけにもゆかず、田舎では仕事もないので、博多の小さな会社につとめ、それからバアに働きに出た。

叔母が自分らの力が足りなくて景子の世話が十分に出来なかったと一夫に云《い》ったのはそういうことからである。一つには、夫が高校の教師であり神官であるのに姪《めい》をバアに働かせていたという後めたさがあった。だから、唐津の陶器屋の次男と結婚できたのをいっそうよろこんだのだった。

痩《や》せたその叔父は、年齢《とし》よりは老《ふ》けていて、汐風《しおかぜ》に焼けた顔と白い髪をもっていた。

彼は、唐津市内で開かれた結婚披露宴の席でスピーチをした。

「今日の昼間、この唐津の海岸をはじめて見ましたが、たいそう景色のよかところじゃと感心しました。ばってん、もっと感動ばしましたのは、この唐津の海の水が、わたしらの住んでおる針江の沖に流れて来ておるということであります。ご承知のように、対馬《つしま》暖流がこの九州の北部を西から東へ流れておるからであります。そうすると、唐津市の一夫さんと結婚した景子のご縁は、決して偶然ではなく、この対馬暖流が一本のように、一つ流れの中のご縁であったちゅうことを、ここの海岸を見て、つくづく思ったことであります。

それだけでなく、わたしは高校の教師ばしておる傍ら、神官もつとめさせてもらっております。そのお宮の名は織幡《おりはた》神社というのです。祭神は織幡媛命《おりはたひめみこと》と申しあげます。織幡媛は、機織《はたお》りをする女子《おなご》の神さまというふうに云う人のありますばってん、ほんとうは神功《じんぐう》皇后さまのご別名でございます。この唐津も神功皇后さまとは、まことに機縁《ゆかり》の深い土地でございまして、この近くから皇后さまが三韓にむけて船出ばなさいました。みなさまのご存知のように、この先に深江というところがございまして、すでに応神天皇さまをご懐妊なさっておられました皇后さまが、無事凱旋《がいせん》するまではご出産なきようにと石ば腰にはさまれて祈られたという皇子産石《みこうみいし》の伝説地が近うございます。そういうのがここから近いというのも、今回の一夫さんと景子のご縁を考え、重ね重ね目出度《めでた》いことでございます。

わたしどもの住んでおります針江村も、この唐津には負けないくらい、海の景色のよかところでございます。同じ海ですばってん、この唐津の沖合いは玄界灘、わたしらの居る針江の沖合いは響灘、そういうふうに名前の違うとりますように、景色にも違いのございます。駅は国鉄の赤間からも海老津《えびつ》からもバスが出ております。どうか、ぜひ、お遊びにおいでくださるようおねがい申します」

遊びにぜひ来てくれと披露宴のスピーチで客に云っただけではなく、叔父夫婦は一夫に景子といっしょにくるようにとしきりにすすめたのだった。

ところで、下坂一夫はこの叔父のユーモアに満ちた祝辞の途中に、あたりの笑声とは逆に、はっと蒼褪《あおざ》めた思いになったことがあった。

織幡神社という名には憶《おぼ》えがある。聞いたのではなく、見たのだった。石に刻みつけた文字であった。

——まあ、こげなところで?

と、顔を赧《あか》らめた信子の手をとって山の斜面を上った。頭の上からは強烈な日が照りつけ、足もとは草いきれの噎《む》せかえる中だった。もっと上に登ると深い雑木林になる。その下は暗い。涼しい蔭《かげ》だし、人の眼からは完全にかくれる。何をしようと目撃されることはない。

すると、そこまで届かないうちに、五、六本くらいかたまった松林があって、信子は急に一夫の手をふりほどくと、その前にしゃがんだ。

松林のなかには朽ちかけた小さな祠堂《ほこら》があって、信子はそれに手を合わせていた。傍に古い御影石《みかげいし》の石柱があった。それに陰刻され、風化した文字が「織幡宮」だった。

ときどき見かける野の末社であった。

下坂一夫は、どんなに景子にせがまれても、叔母夫婦のいる針江には行かなかった。国鉄の赤間駅前からも海老津駅前からもバスの便があると高校教師兼織幡神社の神主は披露宴のスピーチで云った。針江はその中間の小半島が響灘に突き出た先にある。(海ば見に行こう。このへんの海も景色がよかけんな。山道がつづくけどな)と、信子に告げ、赤間をすぎてから車を国道から北に分れたせまい道にとったが、その見に行こうと云った口実の海辺に針江があったのである。

景子と結婚するまでは、そこに彼女の叔母夫婦が居ようとは知らなかった。彼女がなにも云わなかったからだ。

叔母夫婦から、遊びに針江に来るようにとの催促の手紙やハガキが来ても、一夫は行こうとはしなかった。

「叔母さんや叔父さんに義理が悪いわ。ねえ、行きましょうよ。ここからだと車で一時間半くらいじゃないの？」

景子は頼んだが、一夫は、そうしようとは云わなかった。

「気乗りがせんな。来年か再来年になったら行くかもしれんが、ここ当分は支店を開くのに心が奪《と》られとるけんな。お前だけだったら、いつでも針江に行っておいで」

その支店の開設準備だが、実際、下坂一夫は店舗さがしに懸命であった。彼は市内のあらゆる不動産屋に手を回した。

繁華街が近いと店の借り賃がたいそう高く、家賃が手ごろだと思うと、商売になりそうにない淋《さび》しい街だった。

そのうちに、ある不動産屋が格好な譲り店を見つけてきた。繁華街の一画で、現在は電器商だが、権利金を出すなら店舗を譲るという。その店は借家であった。権利金は安くはなかったが、法外に高いというほどでもなかった。電器屋は借金を払って移りたがっている。唐津の父親はその金を出すといった。

不動産屋を通じての話はきまった。

「家主さんと会ってください。店の改装の相談ばせんばなりません。家主さんも家賃ば上げたかでしょうし、そのへんの相談ば家主さんとじかにやってください。いっぺんには決まらんと思いますけん、何べんも家主さんとこに足ば運ぶことになりまっしょうや」

「家主さんは、どこに居るとですな？」

「赤間ですたい」

赤間と聞いて、一夫はいっぺんにこの話を駄目にした。

「もっと、ほかば探してください」

「これほどよか条件の物件は、ほかにはちょっとなかですよ。どこが気に入りませんとな？」

「どこということもなかですが、なんかあんまり気のすすまんごとありますなァ。とにかく、ほかば見つけてください」

不動産屋は、どうも分らん、という顔をした。

景子もその話を一夫から聞いて、

「惜しいわ。そんないい譲り店を断るなんて。交渉を戻せないの？」

と云った。譲り店の話が出てから景子もそれとなく電器店の前に二、三回行っていた。彼女はそこが気に入っていた。

「もう断ってしまったから、どうにもならんたい」

「残念だわ。なぜ、あんないい話、断ったの？」

断った本当の理由はだれにも云えなかった。

理由は、その家の持主が赤間の町に居るというだけである。店舗を陶器店むきに改装するためには、家主の諒解《りようかい》を求めなければならない。家主はどうやら頑固のようだった。店を新しく模様変えするには何度も家主のもとに足を運んで交渉しなければならないと不動産屋は云った。家賃の値上げもするだろう。それへの掛け合いも二、三度くらいでは済むまい。

不運は、その家主が「あの場所」に近い赤間の町に居住していることにあった。

しかし、下坂一夫にとって憂鬱《ゆううつ》な日ばかりはつづかなかった。

十月の上旬、彼は街の書店に行って来たばかりの文芸雑誌をのぞいてみた。さすがは読書人口をもつ都会の福岡市だった。唐津の本屋のように各文芸誌が六冊ずつというこ とはなく、店頭に二十冊ずつくらいは積まれていた。

一夫はいちばんに「文芸界」を手にとって、うしろのほうを繰った。心ひそかに期待するものがあったからである。

7ポ三段組み、ぎっしり詰った活字の「同人雑誌評」のなかで、「海峡文学」のゴシック体がまっさきに眼にとびこんだのだった。

《同人雑誌の小説には一つか二つ、場面描写に、きらっと光るものがあって、私たち評者をとらえることがある。が、それはぜんたいの文章の流れのなかであって、いわば一つの川面に陽がさして、そこだけがきわだっているといった感じである。統一された文体のなかのハイライト部分なのだが、ときにはその部分が他の文章よりも格段にすぐれていて眼をみはるようなのがある。……今月はその極端な例として「**海峡文学**」（秋季号・唐津市）の下坂一夫「野草」を出してみたい。この作品の内容は平凡というよりは水準にも達していないが、その中の六枚くらいの文章が実に美事《みごと》である。荒筋は省いて、そこだけを引用する。……》

下坂一夫は、あれほど嫌がっていた針江に遂《つい》に行く羽目となった。それは妻の叔母夫婦の家を訪問するのでもなく、立ち寄るでもなく、単にその海岸を通るだけだったが。

そうなった事情はこうである。

福岡市に文学を理解する老文化人がいた。もとは大学のドイツ文学の教授だった。いまはたいてい物故しているが、中央の高名な作家とも交際があって、そうした人たちの随筆やら交遊録にもよくその名前が出てくる。彼は推されて福岡市の文化人連盟の会長となっていた。福岡だけではなく九州の文学同人雑誌の主だった同人たちも、この元教授をボス視して、敬意を払っていた。

下坂一夫の「海峡文学」に載せた小説が「文芸界」の「同人雑誌評」で「賞讃《しょうさん》」され、しかもその激賞をうけた六枚ぶんの文章が引用掲載されたというので、九州の文学同人雑誌仲間の間に大きな評判をよんだ。評者は、辛辣《しんらつ》な評で聞える当代一流の文芸評論家A氏であった。その人が賞《ほ》めた上、しかも少ないスペースに六枚ぶんの引用という類のないやり方をしたのだから、彼らにセンセーションを起したのは当然であった。

下坂一夫が福岡市に移り住んだということもあって、元大学教授の文化人連盟会長の首唱で、そのお祝いを兼ねて、会員が晩秋の一日行楽をたのしむことになった。二台のバスを連ねて、北部九州の響灘沿岸を散策しようというのであった。

もっとも、これには他の同人雑誌仲間から批判もあり、不服の声もあった。一文芸雑誌の「同人雑誌評」にとりあげられたからといって、まるで著名な文学賞でももらったように騒ぐのはおかしいというのである。それに引用された作者の文章をよんでも、評者が云うようにはいいとは思えない。こんどばかりは評論家A氏も点が甘いか、読み違えをしたのではないか、というのである。だが、同人雑誌どうしには競争意識が強いあまり、えてして嫉妬《ジェラシー》をも生じるものである。

とにかく、元大学教授のボスの威令でバス二台の会員行楽は組織された。下坂一夫は、この開催が半ば自分の「お祝い」と聞くと、それに参加しないわけにはゆかなかった。それに、コースは響灘の海岸線を通るだけということだし、昼食のために下車するのは、まったく別なところと聞いて、それならそんなに気にかけることはなかろうと思った。

出発の前、景子はバスのドライブコースを聞いて、

「ちょうどいいじゃないの。針江を通るんだったら、叔母さんの家にちょっとでも寄ってくださらない？　叔父さんもよろこぶわ」

と云ったが、一夫は、

「針江はバスで通過するだけたい。団体行動じゃから、おれひとりがそんな勝手なことをすると、みんなに迷惑をかける」

と断り、来年か再来年になったらゆっくり訪ねて行く、とまた云った。景子のお腹《なか》は相当目立つようになっていた。

8

バスでは、下坂一夫は、「海峡文学」同人の古賀吾市と隣合せの席だった。三坊城町の漁船員の古賀は、同じ町の旅館の女中に自分の好きな女が一人いたが、三カ月くらい前から消えてしまったという話を、ほかの同乗者の耳には聞えぬよう、下坂だけに打ちあけはじめた。

その話を古賀吾市がバスの中でしはじめたのは、国鉄の海老津《えびつ》駅前で国道3号線から別れ、北へ向う道路に入ってからであった。道路の入口には大きな御影石《みかげいし》の鳥居が立っている。

海老津の町にはいる前、鉄道は下のトンネルをくぐるが、その上についている国道は峠となる。その峠のところから、もう一本の狭い県道が北に岐《わか》れている。

下坂一夫は、バスの窓から見覚えのある県道の端に一瞥《いちべつ》を走らせた。いまは雑木が紅葉し、草も黄色で、白い芒《すすき》の穂が風に揺られているが、あのときは林が濃緑色に重く繁《しげ》り、夏草が伸びて、暗いほど青かった。その中を車で突走ったものである。後部の座席に信子がいた。

その県道の端もバスの視界からは一瞬に過ぎた。同時に下坂一夫の回想も消えた。人間、見ないことに限る。眼に写らなければ、過去の思い出もない。いまは白い国道を乗用車が軽やかにバスを追い越して走る。トラックが重量を震わせて抜いて行く。向いからも同じ車が流れてくる。博多・門司間の国道3号線はいつものように忙しい。県道の入口など見むきする者もいない。

「その旅館の女中は信子という女子《おなご》じゃったけどな。利口な子で、きりょうもよかった。旅館の女中ばさせておくとは、もったいなかごとあったたい」

漁船員の古賀吾市は、下坂一夫の隣で話している。

バスは田舎道を走っていた。乗用車はずっと減っている。大型トラックはもっと少ない。そのかわり耕耘機《カルチベーター》などが小さなキャタピラをまわしてのろのろと歩いていた。両側は田で、刈入れが半分済んだばかりである。田のなかから背を伸ばして、二台のバスが通るのを見ているお百姓さんもあった。

「年齢《とし》は、なんぼくらいかね？」

一夫はとぼけて訊《き》いた。

「さあて。あいで二十四、五くらいかな。もう少しいっとったかもしれん」

「嫁ごにゆくには、ゆきおくれぐらいじゃな」

「いんや。そげんことはなか。いまからでんがなんぼでももらい手のある。体格のよか女ごじゃったけんなァ」

古賀吾市は、前のイスに坐《すわ》っている男に聞えないように小さな声で云《い》いながら、眼をうっとりと細めた。吾市の気持は分っている。

その体格のいい信子の肉体を数限りなく味わってきたのがこの自分だとは吾市もまったく気づかない、と一夫は心のなかでほくそ笑んだ。もりあがって弾力のある乳房、柔かい胸と腹、ひきしまった太腿《ふともも》と脚、それを指や掌《てのひら》でどのくらい撫《な》で、さすり、つかみ、ひねりしたかわからない。こちらが持てあますくらい量感のある肉体だった。それを唾《つば》でべとべとになるくらい吸ったり、しゃぶったりしたものだ。

いまはそれも土の下で溶けている。死体がまったくの白骨となるまでにはどのくらいかかるだろうか。それが一年かかるとすれば、まだ肉の半分以上は残っている。濃褐色の腐汁は土の中でひろがり滲《し》みこんでいっているだろう。人相が知れないように、顔だけでも早く溶けるといい。

「それに、かしこい女子《おなご》じゃった。おいは船が坊城の港に戻ると、千鳥旅館へ行って信子と話をするのが愉《たの》しみじゃったたい。信子はおいの話ばよう聞いてくれたけんな。ほかの二人の女中とは、そげん話はせんじゃった。云うても、わからんとたい」

吾市はつづけていた。

「どがん話ばしたとな？」

「文学の話たい」

「文学？」

「うん。信子は小説ばよう読んどったな。おいが海峡文学の同人じゃと云うと、たいそう興味ば持ってな。おいが同人の様子ば話してやると、その場から動かんで聞いとったよ」

「そんなことを、あんたは話していたのか？」

一夫は不安になった。

信子に会っても、古賀吾市の話はあまりしてなかった。彼の名は信子の口から聞いたことはある。そのとき、「海峡文学」の同人のような男とはあんまり話をせんほうがよか、と叱《しか》っておいた。二人の仲はだれにも知られてはならない。そんな同人仲間とつき合っていると、うかつに口がすべって向うに気づかれないとも限らないからと注意したのだ。

それから信子は古賀吾市の話をぴたりと口にしなくなったが、蔭《かげ》では吾市に「海峡文学」の同人のことを熱心に聞いていたのだ。

同人の様子を話していたというなら、自分のことも吾市はしゃべっていたかもしれない。いや、きっとしゃべっている。信子のほうから聞きたがったにちがいないから。吾市は唐津とは離れた坊城の町に住んでいるし、月の三分の二は漁船の上だから、これまで親しく往来することはなかった。しかし、ほかの同人仲間から自分の噂《うわさ》は聞いているにちがいない。博多のバアによく飲みに行き、そこに惚《ほ》れ合った女がいるらしいということなどだ。吾市はそれを信子に話していたのではないか。

「それで、その信子とかいう女中には、おいがことも話したとな？」

一夫は半分笑いながらきいた。あまり真剣な顔をすると信子を知っているようにとられそうな気がする。

「うん。いや、ちかと話したことはあるばってん、名前だけたい。ほかの同人のことといっしょにな。べつに、詳しかことは云うとらん」

古賀吾市は、おしゃべり屋と思われたくないためか、そう言い訳をした。

一夫は吾市の言葉つきや表情から、たとえそれが彼の言い訳であろうと、信子と自分の間にはまったく気づいていないと判断した。それさえ分れば安心だった。

だが、待てよ、まだ安堵《あんど》するには早すぎるぞ。信子が居なくなってからの千鳥旅館の取沙汰《とりざた》は、どうだったのか。

これを聞かねばと思った。

田圃《たんぼ》が終り、左手に低い丘陵、右手に横に長い松原が見えてきた。土地では三里松原と呼んでいる。松原の下は白い砂丘だった。海が近いのである。

「あんたは、その信子が好きじゃったんじゃなァ?」

下坂一夫は思いやりを見せて云った。

「うん、ちかと惚れとった。もう少し経《た》つと、もっとよんにゅうに惚れこんだかもしれんたい」

古賀吾市は汐風《しおかぜ》に焼けた顔に寂しい影を浮ばせた。

可哀想《かわいそう》にな、と一夫は思った。憐愍《れんびん》が同情の表情を真実らしく見せた。

「その信子さんというひとにも、あんたの気持は分っておったろうにな?」

「さあ。どがんこっちゃいろ。おいは気恥かしゅうて、そげん様子は彼女に見せんじゃったけんなァ。信子があの旅館をやめて大阪さ行くくらいじゃったら、その前に思い切っておいが気持ばあの女に打ちあければよかったたい。まあ、相手にしてもらえんかも分らんけどな」

「勇気がなかったんじゃな?」

下坂一夫は図々しく云った。

「そうたい。勇気のなかったとたい」

古賀吾市は侘《わび》しそうに呟《つぶや》いた。

「惜しかことばしたな。……そんで、信子さんは、またどうして大阪なんかに行ったとな？」

大阪に働き口があるから近いうちにやめると千鳥旅館に云え、と信子に命じたのは一夫である。そのとおり信子は旅館側に切り出したようである。

「それがたい、大阪によか働き先のあるということで、そっちへ移りたかということを旅館のおかみさんに信子は云うたんじゃ。そして、その世話ばする人が博多に居《お》らすけん、そこへ話しに行ってくるちゅうて、信子はそれきり千鳥旅館には戻ってこんそうじゃ」

「そりゃ、また、どうしたことじゃろうか？」

一夫は唾を呑《の》みこむ思いで訊《き》いた。

「そのまま博多の世話人といっしょに大阪さ行ったかもしれんちゅうて、千鳥旅館のおかみさんは云うとった。おかみさんは、だいぶ腹ばかいとったよ（腹をたてていた）」

「どうして？」

「信子が急にやめると云い出したんでな。冬の閑《ひま》なときにはぶらぶら遊んどって、夏場の忙しかときになってよそさ移るというんで、わざとこっちを困らせる肚《はら》じゃったというてな。それで、信子がやめると云い出してからは、おかみさんはだいぶん怒っとったけん、そいが信子には気に入らんで挨拶《あいさつ》もせんで博多からまっすぐに大阪さ行ったんじゃろうと云うとった」

辞めると云い出してから旅館の経営者夫婦が急に冷淡になったとは信子も話していた。最後のデートのときだった。

「それで、大阪のどこさ移ったのかも分らんとな?」

これは大事な質問だった。

「分らん。旅館のほうも、信子のことはほったらかしじゃ」

「そげなやめかたをしたんじゃ給料も残ったままじゃろうにな?」

「給料ちゅうても旅館の女中じゃから安かもんたい。給料よりも心づけの貰《もら》いのほうが多かぐらいじゃ」

「けど、信子さんの荷物は旅館にそのままになっとろうもん?」

「うん、ばってん、そげな風呂敷《ふろしき》包みなんか、信子はもう要らんじゃろうとおかみさんは云うとったよ」

「どうして？」

「博多の世話人ちゅうても、そいがほんとの世話人やら情人《いろおとこ》やら分らんと云うとった。というのは、信子は休みのときには、どこさ行くのか行先も云わず、夜八時ごろに帰ってきたときは、いつもくたびれた顔をしとったそうな。おかみさんは、あいはきっと男に抱かれたあとじゃと口ぎたのう罵《ののし》っておいに話しとったよ。出て行った雇人に主人が悪口を云うのはどこでもあることじゃけん、おいはそいば信用せんばってんな」

一夫は心の中に微笑をひろげた。

吾市の言葉に収穫が二つあった。

一つは、信子の相手の男がこの自分とは旅館側も最後まで気づいていないことである。情人はどうやら博多の世話人と思いこんでいるらしいのだ。

もう一つは、旅館の経営者がその「誤解」から、「大阪に働きに行った」まま、彼女からの音信がないのをふしぎとも何とも思ってないことだった。

これは何とも都合のいいことだった。もし、旅館側が信子の蒸発に不審を抱き、警察に「家出人捜索願」でも出したら、厄介なことになるところであった。近ごろの「家出人」には警察も、以前とは違って、他殺の疑いの線で捜査することがあると新聞に出ていた。

下坂一夫は幸運に感謝した。

そのとき、一方の窓には三里松原が終り、秋の海が深い紺色でひろがっていた。響《ひびき》灘《なだ》もこのあたりは汚染がまったくなかった。

それが長く突き出たコンクリートの防波堤となり、漁船の溜《たま》り場となったとき、反対側の窓を見ると丘陵を背にした家ならびが流れていた。針江の漁師町である。

ふと丘陵に眼をむけると高い石段が見え、その上に白い鳥居があり、松林の奥に社殿の茶色の屋根がのぞいていた。

織幡《おりはた》神社だ。

そう直感すると同時に下坂一夫は窓の下に首を縮めた。

妻の景子の叔父が神官をしている神社であった。一夫は、そのままの姿勢でいたから、この帯のような町のどこに景子の叔父夫婦の家があるのか分らなかった。これは彼のほうから見るのを拒絶したのである。

針江がすぎると、あとは海と山だけになった。ここでいちばん高い五百メートルの山塊の支脈が海に流れこんでいる。道路はその急斜面と海ぎわの崖上《がけうえ》との間をうねうねと匍《は》っているのだった。これがほぼ十五キロばかりつづくと鐘崎の町に入る。

バスの一方の窓は海の青い色に染められ、一方の窓は山の黄や赤のまだらな紅葉を映した。この山の南つづきの丘陵の下に信子の死体が白骨化しつつあるのだった。

バスが突然に停った。運転席の横に今日の行楽の主催者、筑紫《つくし》文化人連盟会長、元大学教授が、そのうすい白髪がよく似合う赧《あか》ら顔をほほ笑ませて、小さなマイクを口にあてて立っていた。

「みなさん。そろそろ午《ひる》どきですから、昼食をかねて、この風光明媚《めいび》な場所で休憩したいと思います。どうかバスを降りて、山の草の上なり、海の岩の上なりにお坐《すわ》りになって弁当をつかってください。弁当は仕出し屋にたのみまして、酒の二合瓶《びん》が付いております。これは、われわれの友人下坂一夫君が『文芸界』の権威ある同人雑誌評で、『海峡文学』に載ったその作品が激賞をうけた心祝いのつもりであります。美しい海を前にして各自が祝杯を傾けられ、下坂君の文学的前途を激励していただきたいと思います」

マイクに拡大された会長の声のあと、車内に拍手が起った。

止《や》めてくれ、と下坂一夫は叫びたかった。

こんなところで休憩しなくても、もう十五分そこそこで鐘崎に着くではないか。そこへ行って昼飯を食えばいい。

（この山の斜面は、信子を埋めている土のつづきなのだ。此処《ここ》はいけない！）

しかし、下坂一夫はそれが口に出なかった。彼は照れたように立ち上り、おじぎをして一同の拍手にこたえた。

二台のバスを降りた会員一同は、ほとんどが山の斜面に散って行った。海岸の岩《がん》礁《しよう》はいいが足場が悪い。道から崖《がけ》を這《は》い降りなければならない。

皆は斜面のあちこちに三々五々にかたまって、酒の飲める者は二合瓶の蓋《ふた》を盃《さかずき》がわりにして瓶を傾け、飲めない者はすぐに仕出し弁当をつかっていた。

下坂一夫は斜面の下に坐《すわ》っていた。上に登ると、あの山のつづきになりそうであった。道路のすぐそばというのも風流がないが、山に近いほうにいるよりもましだった。

このとき、いちばん人の集まっている斜面の中ほどから、小さなざわめきが起った。一夫がふり返ると、茶色っぽい毛をした一匹の小犬が弁当をひろげている群の間を歩きまわっている。犬にカマボコや揚げものなどを抛《ほう》り投げている人がある。叱って追払っている人もあった。

犬は斜面をうろついている。一夫は顔色を変えた。

犬は、びっこをひいていた。右の前脚を上げて歩いている。

あの犬だ。信子を乗せて走った車の前にとびこんできた芝犬だった。毛の色もまったく同じである。信子の骨折は自分の車が叩《たた》いたからだ。

肥《ふと》った主婦のいる農家は、この山を二つばかり越した向うのはずである。かなり距離のあるここまで犬は来ている。しかも、ちょうど昼食にバスを降りた此処に。——

「タロ」と主婦が呼んでいたあの犬が！

びっこの芝犬は、怪我《けが》した前脚をいたわり、跳ねるように下坂一夫の傍にやってきた。彼は蒼白《そうはく》になった。衝動的にかなり大きな石をつかむと、犬をめがけて投げつけた。

9

響灘《ひびきなだ》の沿岸を回ってバスが博多に戻ったのは四時ごろだった。秋の日は短く、人の影は路上に長かった。巨《おお》きな坊さんの銅像が立っている公園の前で一同は解散した。

坊城の町に帰る古賀吾市はバスに乗って駅に行く。途中までは同じ方向なので下坂一夫は同乗した。

「これからまっすぐに坊城に帰るとね？」

一夫は隣に坐《すわ》っている吾市にきいた。べつに意味があって問うたのではなく、いくらか別れを惜しむような口吻《くちぶり》をみせての愛想だった。

「うん」

窓の外に移り変る街の風景へきょろきょろと眼を動かしている吾市は生返事をした。大きなビルや華やかな商店の前を人群が流れている。坊城は魚くさい漁港町だ。博多は大都会であった。吾市はまっすぐには帰りたくないようだった。

「まだ列車はなんぼでもあるじゃろ。どうな、ちょっとぼくのアパートに寄って行かんな！」

つい、そう口から出た。言葉を吐いてから、しまった、と思った。どうして吾市を家に誘う義理があろう。

「え？」

吾市が眼をむけた。その瞳《ひとみ》に歓喜の光がともっていた。

「そりゃ、列車はいつでもあるばってん……ほんなことあんたのアパートに寄らせてもろうてよかね？」

一夫は後悔したが訂正ができなかった。

「よかたい。狭かとこで、何もおかまいはでけんばってん、お茶ぐらいは飲んで別れたかね」

茶いっぱいで帰ってもらう希望を暗示したのだが、吾市はもちろんそれを特別な意味にはとらず、好意ある挨拶《あいさつ》としか耳には入らなかったようである。

「なんにもかまわんでもらいたかね。おいもあんまりゆっくりもでけん。そんなら、ちょっとばかり寄らしてもらおうか。奥さんにも挨拶したかけんね」

喜色を顔いっぱいにあらわした吾市は席から腰を浮かせた。

「もう降りるとこじゃなかな、停留所はどこね？」

「この次たい」

吾市の気持は分っている。半分は妻を見たい興味からだ、と一夫は思った。景子が博多のバアにいた女ということは吾市も知っているのだ。だれかに聞いたのであろう。小さな漁船の乗組員で独身者の吾市はその好奇心に駆られている。

一夫の後悔が少しは軽くなった。この野暮ったい若い漁夫に都会的な景子を観賞させてやりたいという自慢めいた気持になったからである。

だが、おれは何か余計なことをしているようだ、と吾市と肩をならべて路《みち》を歩きながら一夫は思った。こんな男をアパートにつれてくるのではなかった。今日は疲れたので、すぐに横になりたい。それもあった。客を急に連れて帰れば景子もあわてるだろう。そのもてなしにばたばたしなければならない。来月の末には子供が生れる。動きがたいぎそうに見え、その一方で神経が尖《とが》っている。顔つきもけわしくなってきている。客の前ではともかく、あとで景子が不機嫌になりそうだった。それもあった。が、それよりも吾市と話しているうちに何か危険なことにふれるのではないか。そんな不安が起る。

一夫は、ちょっとした愛想で云《い》った誘いにすぐに乗って、のこのことアパートまでついてくる吾市の無神経さに腹が立った。常識のある人間だったら、遠いところに帰らなければならないし、列車の時間もあるので、たとえすすめられても断るにちがいない。それに、この時間だと夕食を出さねばならないが、吾市にはそのへんの気づかいは一切ないようだった。こうなったら仕方がない、たとえ相手が気を悪くしても、早いとこ帰そうと一夫は心に決めた。

アパートは神社の境内に接しての五階建てだった。まだ新しくてマンションの名でも通りそうだった。夕焼けを背景にして境内の立木が黒々とむらがり、その向うに窓の灯が層々とならんでいた。

「あんたとこは何階ね?」

吾市はそこからもの珍しそうに眼を放ってきいた。その言葉にも何やら昂奮《こうふん》があった。

「三階たい。その右端」

一夫は気重に教えた。

景子はドアを開けて、

「あら、おかえんなさい」

といったが、うしろに知らない男がいるので笑顔をひっこめた。

三つに分れた部屋の一つが洋間で、そこを応接間ふうにしていた。せまい部屋がテーブルだの長イスだの三つのイスだのでよけいにせまくなっている。が、そこにはしゃれたテーブル掛けや刺繡《ししゆう》のクッションが配置され、小さな額ぶちの洋画もかわいい模様の壁紙の上にかかり、うすいグリーンのカーテンは優雅な襞《ひだ》をたたみ、卓上には花があった。花瓶は伊万里《いまり》焼の極彩色だった。

「ふうむ。よか部屋ね。まるで映画の中のごとある」

吾市は見まわして感歎《かんたん》した。

室内飾りは景子の感覚だった。外国の民芸品も適当に配置されてある。これは彼女がホステス時代に蒐《あつ》めて持ってきたものだ。

「奥さんもなかなか美人じゃなかかね。あんたは仕合せたいね」

吾市は、向うのキチンから聞える茶碗《ちゃわん》の音のほうへ眼をやって云った。

「いや、あげな大きな腹ばして、みっともなかたい」

「いんや、そげんなことはなか。ほんなこと美しか」

景子は花模様の妊婦服をきていたが、それがまるで派手なガウンのように吾市にはうつるらしかった。客が来てから景子はいそいで化粧していた。化粧法には熟練している。

よけいなことをしなくてもいいのに、景子がウイスキーの水割りを運んできた。冷蔵庫からあり合せのものを出してつくったオードブルふうなおつまみもしゃれている。キャバレーやバアでは目新しくもないが、吾市には贅沢《ぜいたく》な料理にみえる。

景子はイスにかけた。客扱いには馴《な》れている。媚態《コケティッシュ》になるところはつつしんでいるが、微笑《ほほえ》みははなやかであった。

「下坂さんもこれからは希望がいっぱいですたい。同人雑誌に長いあいだ作品ば書いておっても、ちょっともウダツの上らん人間が全国に多かなかに、下坂さんのはすぐに中央の文芸雑誌に認められたんじゃもんね。今日も針江のさきの浜辺んとこに休んだとき会長さんの云わしゃったように、下坂さんの文学的前途は響灘のごとく洋々ですたい」

吾市は景子の前でほめあげた。

たかだか文芸雑誌の同人雑誌評にとりあげられ、異例だとは云ってもその六枚分の文章が引用されたくらいで、中央の文芸誌に認められたことにはなるまいが、吾市の大げさな言葉には不時に訪問してもてなしを受けることへの礼心もあった。が、それはまるきりのつくりごとでもない。今日のバスドライブの催しにもその祝福の意味があった。地方で「文学」をやっている手合いには中央の文芸雑誌が聖典にも見え、「文学」の崇高さの前には他の事象はことごとく俗事であった。同人雑誌で長い「作家歴」をもつ老人たちは若い後輩に「先生」とよばせて鷹揚《おうよう》にかまえていた。これといった作品は何もないのに。——そんななかでは、にわかに下坂一夫の文学的才能は脚光を浴びた。

一夫は、少し前まではくすぐったい気持であった。六枚は自分の文章ではない。あれは千鳥旅館に滞在した小寺康司の書いたものだ。信子がそれを筆写して渡してくれた。その六枚ぶんだけがとりえだといって文芸雑誌の著名な批評家がとりあげて、活字にしてくれたのだが、批評家自身がそれを小寺康司の文体だとは気がついていない。小寺康司といえば、聞えた小説家ではないか。彼については、そういった批評家たちがかなりな評論を書いてきた。その小説集に対する批評は、きまって全国紙の文化欄の目につく場所に掲載され、「特等席」扱いだった。その死んだときの讃辞《さんじ》（もちろん死亡への讃辞ではなく彼の作品群への）といったら、花輪飾りもいいとこだった。それなのに、達者な読みの批評家どもがこの六枚の「小寺文学」を見ぬけないのである。ましてや全国の文学愛好家たちが看破できるはずもなかった。

一夫が見たのは小寺康司の筆蹟《ひっせき》ではなかった。信子の文字である。自分よりはずっとうまい。便箋《びんせん》に書いてあった。

が、みなからもてはやされた今は、一夫の意識の中に他人の文章も信子の上手な文字も消え、まるで自分が考えて書いた気持になっていた。

だが、幸か不幸か、景子は「文学」にはまるで興味もなく理解もできない女であった。彼女が読んでいるものといえば婦人雑誌か週刊誌であった。

だから、景子はいまも吾市の話を聞いて小説のほうには興味を示さず、それよりも針江を通過したことに反応を見せた。

「あなたは、叔母さんとこには寄ってくださらなかったんですか?」

「うむ。やっぱり時間がなかった。バスがさっと走って通りすぎたもんじゃから」

景子の不服そうな眼を見て、吾市がとりなすように口をはさんだ。

「奥さんのご親戚《しんせき》が針江にあったのですか?」

「はい。叔母がいまして、そのつれあいがあの近くの高校の先生をしていて、村にある織幡《おりはた》神社の神官も兼ねていますの」

「織幡神社?」

吾市は水割りウイスキーのグラスを手に持って、

「ああ、山んとこに高か石段のあるあのお宮さんですか?」

と、まるで奇遇のように眼をみはった。

「ええ、そうです」

「あった、あった、なあ、下坂さん」

吾市は勢よく一夫に振りむき、グラスに氷片の音を鳴らした。

「森んなかにはお宮の茶色の屋根が見えとったじゃなかの? あれがそうじゃったとたいなあ」

一夫は仕方なしにうなずいた。

「せっかくあそこば通るとじゃけん、奥さんの云わっしゃるごと、ちょっと叔母さんの家に顔ば出したらよかったなあ。前もっておいにそう云ってくれとったら、運転手と打合せばして、ちかっとばかりバスば停めさせとくとじゃったのに」

予感したように拙《まず》い進行になった。あの場所の近くに居たくないために景子に頼まれても叔母夫婦の家には寄らなかったのだが、それは夫婦間のことである。他人には聞かせたくない話だったのに、吾市の耳に入った。

「針江ばすぎて、海岸ばたの崖《がけ》んとこで弁当ば食うたときもたのしかったな」

吾市は興に乗って云った。

「あらそうですか。そんな場所でお弁当をひらくのはおいしいでしょうね？」

景子が相手になっていた。

「仕出し屋の弁当じゃけん、あんまりうまいとも思いませんでしたばってん、ピクニックで気分のよかでしたもんね」

「仕出し屋の弁当がおいしくありませんでしたの？」

「魚が見てくれのよかばかりで、冷凍もんの古かもんでしたけんな。わしらは漁に出て網にかかった魚ばそのまま船の上で割《さ》いて焼いたり、刺身にして食べとりますけん、陸《おか》の魚は食えませんたい」

「跳ねる魚を船の上でいただけるなんて最高の贅沢ですわ」

——弁当を皆で食べているときに、びっこの犬が迷いこんできた。あれはたしかに芝犬だった。右の前脚をあげてひょこひょこと歩きまわっていたが、あんなに似た犬はなかった。いまになって考えてみると、あの集落から海岸に出るまでにはひと山もふた山も越さなければならないから、そんな遠い道をびっこをひいて歩いてこれるわけはない。あの場では、かっとなって石を投げたが、まわりの人がそれほど注意してなくてよかった。

「あのとき、あんたはまわりをうろつきまわっている犬に石ば投げたな」

吾市が突然云ったので、一夫はぎょっとした。まるでこっちの思案に合わせているような言葉だった。

「うん。弁当ば狙《ねろ》うてうろついとったけん、追っ払ったとたい」

「よかった。おいも、あの犬がせからしゅうして石ば投げようと思ったところじゃった。犬は石があたって、びっこをひきながら悲鳴ばあげて逃げて行きよった」

「あなたは犬にそんな可哀想《かわいそう》なことをしたんですか?」

景子が聞き咎《とが》めた。

「石が当ったといってもたいしたことはなかった」

「ほんとですたい、奥さん」

吾市がうっかり云ったことに責任を感じたように云った。

「あれは、びっくりしおって逃げて行ったんですたい。それに野良犬《のらいぬ》じゃけん、かまうことはなかです」

――犬の話まで吾市はひき出した。やはり彼を連れてくるのではなかった。景子が眼顔で食事の支度を一夫にきいた。彼は首を振った。これ以上、吾市にねばられてはたまらない。

「古賀さん。スシでもつまみに行こうか。女房はこのとおり大きなお腹《なか》ばしとるけん、ろくな支度もできんけんな」

「あ、こりゃ、つい、ゆっくりとお邪魔をしてしもうた。済みません」

吾市はあわてて長イスから立ち上った。

「奥さんのおめでたの予定はいつごろですな？」

彼はガウンのような花模様の妊婦服にまぶしそうな眼をむけた。

「来月の末ごろだそうですわ」

景子は羞《はに》かんで微笑で云った。

「そんときは、下坂さん、ぜひ知らせてください。心ばかりのお祝いば送りたいですけんな」

景子のその妊娠がなかったら、信子も抹消《まつしよう》されることはなかった。あるいはそのころに妊娠した信子に傾いていっしょになったかもしれない。いけないのは、二人の女が同時に腹に子を宿したことだった。そういえば、あそこの地下に眠る信子も来月が臨月だった。

10

それから三日経《た》って、二人づれの男が一夫のアパートの部屋を訪問した。陶器店の支店を開設する候補地を見に行って帰ったばかりのところだった。

警察手帳さえ見せなければ、二人は証券会社の外交員のように叮寧《ていねい》な態度であった。

「失礼します。下坂一夫さんですか?」

髪をきれいに分けた三十すぎのやせた男が半開きのドアの向うで眼を細めている。

このアパートにもいろいろな外交員がくる。生命保険会社、割引公債をすすめる証券会社、預金を勧誘する銀行員、月賦《げっぷ》販売の自動車のセールスマン、そういった連中かとはじめ一夫は思った。もう一人は少し若くて長い髪をしている。このほうはまる顔でおっとりとした感じだった。

警察手帳と入れかえにポケットから出した名刺にはA県警察本部捜査一課警部補越《お》智《ち》達雄とあった。髪の長いのはうしろから出てきて、A県芝田警察署巡査部長門野順三の名刺を出した。

「どういうご用でしょうか？」

二枚の名刺をのぞいたあと一夫は二人に眼をあげた。肩書の小さな活字を読んでいる間、二人は彼の表情を観察していたようだった。

「はあ。あの、おさしつかえなかったら、ちょっと中に入れていただけませんでしょうか。まことに恐縮ですが、すこしばかりお話をうかがわせていただきたいことがございますので。あの、立話もなんですから」

越智というほうが廊下の左右に眼を投げるようにして云《い》った。

A県は四国である。芝田市は瀬戸内海側の県内第二の都市である。その名は中学生でも知っている。

そんな遠いところの警察がなんの用事で訪ねてきたのか。一夫には少しも心当りがなかった。

窓際《まどぎわ》のイスに二人はならんで掛けた。

「けっこうなところにお住いですね」

越智が窓に見える神社の立木に視線をむけて云った。アパートでは、けっこうなお住居とはいえまい。けっこうなところと云っている。満面に愛想笑いを浮べているが、真剣な顔になったら大きな眼にちがいない。

長い髪の門野という巡査部長も警部補に視線の方向と微笑を合わせている。名刺を見なかったら、店員という感じだった。

「博多ははじめてですが、たいへんな大都会ですね。話には聞いていましたけど、予想以上でびっくりしましたわ」

越智は駅からバスでまっすぐにここをさがして来たが、途中の街なみを見てもA県の県庁所在地や芝田市などまるで田舎だと云った。言葉は関西弁のように柔かく、四国訛《なまり》があった。

「いや、駅からここまでだと、繁華街からはずれとりますから、それほどでもありません。駅前がビジネス街で、繁華街はこれから西のほうへ行ったところです。東中洲《ひがしなかす》とか天神町《てんじんちょう》とか」

どういう用事で来たのだろうかと思いながらも一夫は話相手になった。

「ああ、東中洲ですな。聞いてます、聞いてます。有名ですな。そら、帰りにはぜひ見物しましょう」

なあ、というように越智は若い門野巡査部長にふりむいた。

門野はうなずいたついでに顔を壁ぎわへむけた。ダイニング・キチンと応接室とを兼ね、襞《ひだ》のついたカーテンで仕切っていた。壁に高い本棚を置き、なかに書籍を詰めこんでいる。巡査部長はその本の背文字を見まわしていた。

「おや、文学書ばかりかと思いましたけど、陶器の本もだいぶんおもちですね」

門野巡査部長が眼をとめて云った。

「はあ。実は、ぼく、陶器店の悴《せがれ》でして」

「陶器店の?」

「父親と兄貴が唐津で店を開いております。ぼくもこっちに支店を出すつもりで、いま店舗を物色中です」

「あ、唐津ね」

年上の警部補がひきとった。

「……瀬戸物では聞えたところですな。伊万里《いまり》も近うて」

陶器のことを関西や四国では瀬戸物と云っている。

「そうすると、あなたは瀬戸物屋さんを開くかたわら文学をやりはるのですか?」

「文学?」

「拝見しましたよ、『文芸界』に載ったお作品をね」

越智は眼を小さくし、口もとに金歯の光りをこぼした。

「ああ、あれですか」

一夫は思いがけないことを云われて頬を赧《あか》らめた。警官が文芸雑誌を読むとは意外だった。

「あれは作品というほどのものじゃなかです。同人雑誌に書いたのを、たまたま『文芸界』の同人雑誌評にとりあげられて、その内容の一部が紹介されただけですたい」

一夫は云ってから、ふっと不安がさした。

——もしかすると、この警察官二人は引用の六枚ぶんの文章が盗用問題になったので、それで事情聴取にきたのではなかろうか。

「いや、立派な文章です。失礼ですけど、感服いたしました」

越智は両膝《ひざ》の上に手をきちんとおいて讃《ほ》めた。

このときドアの音がして景子が外から戻った。仕切りのアコーディオン・カーテンの間から顔をのぞかせ、

「あら、お客さまでしたか」

と、おどろいた。が、すぐに笑顔になってカーテンを押し開き、客の前におじぎをした。

「いらっしゃいませ」

背広の二人は膝を伸ばして立ち上った。

「奥さまですか。お邪魔しております」

「どういう方？」

カーテンを閉めて隅のキチンで茶の支度をする景子は、傍《そば》に寄ってきた一夫に低声《こごえ》できいた。

「四国のほうの警察の人たい」

一夫は小さな声で云った。

「四国の警察の人？」

景子は手を休めて夫の顔を見た。

「そんな方が、どうしてうちに見えたの？」

訝《いぶ》かしそうな眼になった。洗い場のステンレスのふちと妊婦服の身体《からだ》とに距離があった。

「文学の話らしか」

「文学の？」

「ほれ、『文芸界』の同人雑誌評じゃ。別囲いの引用文ば読んだと云うて、その話がはじまったところたい」

「あれを?」

景子は急に眼もとに微笑を浮べた。

「あなたも有名になったものね」

「………」

「だって、あれが出てから、ほうぼうから同人雑誌が送られてくるし、こっちの文化人連盟からはお祝いしてくださるし。でも、まさか四国のお巡りさんまでが出張のついでにあなたを訪ねてお寄りになるとは思わなかったわ。さすが『文芸界』ね。たいしたもんだわ」

「出張かな」

「そうよ。まさか、四国からわざわざおいでになるとは思えないわ。県どうしの警察の間ではよく打合せとか連絡の出張があるじゃない? きっと福岡県庁内の警察本部にいらしたんだわ」

それだったら、四国の警察官二人は県庁のほうからここにきたはずだ。東中洲を当然に通る。ところが、あの二人は駅のほうからバスで来たと云っていた。繁華街の東中洲はあとで見物に行こうと話していた。

——連絡や打合せの出張ではない。わざわざおれを訪ねて四国からやってきたのだ。「文芸界」の同人雑誌評にとりあげられた六枚の文章の話をしていたから、あれが来訪の目的だろうか。

下坂一夫は、それが信子に関連があるとは少しも思わなかった。四国の警察とはまったく無関係である。これが福岡県警の捜査一課とか、あの信子が眠る地区の所轄《しよかつ》署だったら、どきりとするところだが。——四国はあまりにそこからかけはなれていた。

やっぱり盗用問題だろうか。気にかかることといえばそれしかなかった。

——いやいや、そんなわけはない。あの文章は作家小寺康司のものだ。その小寺康司は「文芸界」の同人雑誌評が出る七カ月前に死んでいる。おれが自分の小説のなかに織りこんで「海峡文学」に載せる六カ月前だ。それを見ないで死んだ奴《やつ》が訴えるわけはない。

——そうすると、信子が小寺康司の原稿を千鳥旅館でこっそりと書き写す前にだれかが、たとえば小寺の家族などがその下書きを読んでいたのだろうか。あまりにそれとそっくりな文章なので、「盗用の疑い」として告訴したのか。

だが、これもあり得なかった。

信子に聞いたところによると、小寺康司は千鳥旅館に滞在中、原稿が書けなくて苦しんでいたという。見ていて気の毒なくらい苦悶《くもん》していた。そうして、途中まで書いて、気分を変えるために西海岸へ三日ばかりの旅をした。その留守のあいだに信子が原稿を読み、おれの文章の参考にと思って書きとったという。

旅から宿に帰った小寺はそれとは知らずに、書きかけの六枚を二つに裂いて部屋の紙屑箱《かみくずばこ》に入れた。それを信子が持ち出し、岸壁の上で鋏《はさみ》で細かく切り、紙吹雪にして海の上に撒《ま》いた。信子はそう話した。

そうすると、あの六枚は、小寺康司が千鳥旅館に来てから書いたものだ。苦悩しながらようやくあれだけをペンにした。それも気に入らないで、三日の旅から戻ると引き裂いている。彼がその前に下書きすることがあろうはずはない。あの文章は、小寺の友人はもとより家族も見ていない。だれも読んでいない。読んでいるのは信子だけである。その信子もそのあとは地の下で黙っている。

信子が文章を書き写した便箋《びんせん》は——焼いている。これは真黒な灰になって崩れた。だれも目撃していない。

なにも心配することはないのだ。なんにも。

第一、盗用問題が起っているなら、提訴する前にその人物から詰問《きつもん》状がこなければならない。前ぶれもなく、いきなり告訴することはあり得ない。もし、そうだとしたら、その騒ぎが噂《うわさ》となってこっちの耳に入ってこなければならないが、それもない。

それに、あの二人の様子には微塵《みじん》も被疑者に対する態度が見られなかった。鄭重《ていちょう》である。訪ねてきた目的はまだはっきりしないけれど、不時の訪問者としての礼儀を保っている。景子の云うように連絡会議で福岡県警察本部に出張してきて、そのついでに「文学の話」をしに立ち寄ったとはかならずしも思えないけれど、本職とは無関係な、たいそう紳士的な訪問にはまちがいない。

びくびくしてはいけない。こっちには何の覚えもないのだ。心当りは一切ない。なんにも。

なんの話かしらないが、堂々と応対しよう。ちょっとでも不安を顔色に出してはならない。

気持は明るくなっていた。

景子の紅茶の支度ができた。一夫は盆をもつ妻といっしょにカーテンを開いて「応接間」に入った。

四国の警部補と巡査部長とは窓ぎわに立ってならび、松と杉木立が高い神社の境内を見下ろしていたが、夫婦が入ってくると、あわててイスに戻った。

「どうも、どうも。急にお邪魔して申し訳ありません」

髪をきれいに分けた、額のひろい、頬の骨が少し張った警部補は、景子が置く紅茶の前に言葉通りに恐縮した。髪の毛の長い巡査部長もそれにならった。紅茶茶碗《ちやわん》は伊万里焼で、赤い絵付が美しかった。

景子は、客への愛想のつもりだろうが、台所のほうには去らず、そのまま空いたイスに重そうに身体をおろした。警察官の訪問客はそれを見て、眼に軽い困惑の色を浮べたが、それもすぐに消して、主婦にも初めてきた博多の印象を語った。

景子は、それに答えて博多の話をしたが、

「あの、こちらへは会議かなにかでご出張でございますか?」

とたずねた。もちろん挨拶《あいさつ》の延長だった。

「会議? あ、ええ、まあ、そういう用事もありましたが」

警部補はやさしい笑いの中に言葉を濁した。女房がそこに坐《すわ》ったので、いくらか困った様子だった。それで先に話を彼女にむけた。

「奥さんは東京弁のようですけど、東京のお方ですか?」

「ええ。東京からこっちに参りましたの。叔母がこの東の海岸にある針江《はりえ》というところに住んでいますので」

「はあ、さよで」

警部補は如才なくうなずいた。むろん針江がどこにあるかは分っていない。分ってはいないが、一夫は左胸の下がどきんと動いた。余計な話になっては困るのだ。が、四国の警部補は土地不案内だし、景子にもそれが分っているので叔母のいる針
江の話はそれきりになった。
一夫は紅茶をすすり、テーブルに茶碗をとんと置いた。その少しばかり高い音に促
されたように警部補はやっと今日とつぜん訪ねてきた話に入った。
「実は、あの『文芸界』の同人雑誌評に引用されたあなたのご文章のことですけど、
あれに惹《ひ》かれまして、わたしのほうでは、『文芸界』の編集部におねがいして複写を
していただきましたのんです」
「複写を？　それは『文芸界』を見ればあるのですが」
やはり、その話であった。しかし、なぜ、東京の「文芸界」編集部に申込んで複写
をとらせるのか。感心したという原稿六枚ぶんなら雑誌に載っているのに。
「それはそうですが、ま、参考のために。あれは同人雑誌の『海峡文学』に載せはっ
たんですな。それが『文芸界』の編集部に取ってありましたんで」
「それはぼくらの同人雑誌ですが、『文芸界』の編集部宛《あて》に送っちょるのです」
「全国から編集部に送ってくるいうことですな。お作品の複写をもらって、そのなか

の箇所が『文芸界』の引用とちょっとちがってへんことを確認させてもらいました」

あたりまえだ。違うわけがない。しかし、日ごろの職業的な口ぐせのせいか警部補の「確認」といった言葉が一夫に気になった。

「あの、これはぶしつけなお訊《たず》ねで恐縮ですけど、やっぱり『文芸界』に引用されておるご文章のとこは、あなたのご体験をもとにして書きはったんでしょうか?」

警部補のこれまでの細かった眼が大きくなった。

「体験?」

他人の書いた原稿である。うっかり「体験」というと、あとで禍《わざわ》いになるかもしれなかった。

「いや、体験ではありません。フィクションです。まったくの」

一夫ははっきり答えた。

「え、あれ、フィクションですか?」

「はあ。つくりごとです。創作ですたい」

「ああいう場面を?」

「それも頭の中で空想して書いたんです。ぜんぜんフィクションの小説ですな」

「フィクションね。……」

警察官二人は顔を見合せ、ふいに道を失ったように当惑の表情になった。

11

博多のアパートにいる下坂一夫のもとに四国A県警本部捜査一課の警部補と同県下芝田署の巡査部長とが来て、雑誌「文芸界」の同人雑誌評に引用された彼の文章について訊《き》いたのは、一夫自身は知らないが、鉢植えの菊が咲く縁側に寝ころがって同じ雑誌の同じ欄に眼をとめた同捜査一課長香春《かわら》銀作と無関係ではない。つまり二人の警察官が福岡市に出張して、下坂一夫に対して婉曲《えんきょく》に事情聴取をはじめたのは、香春捜査一課長が陽なたぼっこから起き上って行動した延長線上にある。——

香春銀作は休日あけの翌日、出勤するとすぐに部下に、

「芝田市戸倉で起きた未亡人殺しの捜査記録書類をぜんぶ見せてもらいたい」

といった。

出てきて匆々《そうそう》のことだし、この命令口調にも緊張があったので、部下がちらりと課長の顔を見ると、その表情にもけわしいものが貼《は》りついていた。

「起訴になっているあの事件記録ですね？」

部下は警察の取調べの手からはなれて地検に送られ、すでに第四回の公判が間近になっている事件のことなので、思わずそう念を押した。

課長は黙って顎《あご》をぐいと引いた。なまじ返事があるよりもこのほうが部下には上司に容易ならぬ決心を見た威圧感をうける。

それに、すでに検事により、公判を請求されているその事件というのを捜査したのがほかならぬ香春一課長だったので、捜査記録は課長自身が何回となく眼を通し、また自分で筆を入れたくらいである。熟知した内容をもういちど全部に当ってみるというのはただごとではないと部下も感じた。

課長の机の上には「芝田市戸倉発生、未亡人強盗強姦《ごうかん》殺人事件」と白の厚紙表紙に墨書した部厚い書類綴《つづり》が何冊も積み上げられた。

事件発見通報者聴取書、実況見分調書、検証調書、屍体《したい》解剖報告書、鑑定書、証人事情聴取書、証拠物件押収《おうしゅう》目録、捜査報告書、逮捕状、司法警察員に対する供述調書、検察官に対する供述調書など、初動捜査から被疑者の逮捕、警察署員の訊問《じんもん》調書、送検してからの検察官調書、起訴状にいたるまでの綴りこみがいくつもの冊数になっている。

香春銀作は湯呑《ゆのみ》の茶で舌と咽喉《のど》を湿して、その一冊をとりあげた。このときの眼にはもう曾《かつ》ての文学志望の欠片《かけら》もなく、また鉢のよごれに茶碗《ちゃわん》の景色を見出《みいだ》すような風流心もなく、捜査記録の山から何かを再発見しようとする職業的な執心の色に占められていた。

こうした記録書類の山塊だが、捜査報告書の綴りのあとには地検あての送致書の写しが添付されてあって、この五百字くらいの文字を見れば山塊の要領がわかるようになっている。いま、香春はそれを一瞥《いちべつ》した。

《本籍　B県C郡D町字E二三一番地
出生地　同県同郡同町字F三一番地
住居　A県芝田市山岡八一番地
工員　鈴木　延次郎　満二十九歳

一、犯罪事実
被疑者は結婚費用の捻出《ねんしゅつ》に窮し強盗を決意し昭和××年十月二十八日午後十一時三十分ごろ、

芝田市戸倉一、〇八七番地ノ二

無職　山根　スエ子　満三十八歳

方に裏口側の雨戸より侵入し同人を脅し現金十万三千円を強奪したのち同人の両手を緊縛して強いて姦淫《かんいん》したうえ、同人とは顔見知りであるため犯行の発覚をおそれて絞殺《こうさつ》し二十九日零時二十分ごろ侵入口より逃走したものである。

同二十九日午前九時十分ごろ、被害者宅に所用があって訪れた近隣の者が裏口側の雨戸が開放したままになっているのに不審を起し、近くの派出所に通報し、派出所よりかけつけた巡査により本件被害が発見され、県警本部においても事件を重視し、捜査員を派遣し、検証の結果識鑑《しきかん》を有する物盗《ものと》りの犯行と認定し、鋭意捜査を被害者宅より西へ約三キロはなれたる××工業株式会社芝田工場工員寄宿寮にむけ、素行不良の風評ある工員の洗い出しから端緒を得て、前記被疑者を十一月十七日逮捕し取調べたところ、十一月三十日に至り本件の単独犯行を自供したものである。

犯罪情状に関する意見

被疑者は来年二月ごろ市内の大川絹子との結婚挙式予定のところ、その費用に窮し、かねて被害者が金を蓄えて近隣にかなりな高利をもって貸付をなし、かつ未亡人にして独居なるを知り、右結婚費用捻出のため強盗を思い立ちたる動機には同情の余地もなく、さらに強盗犯行のあと被害者を縛って強いて姦淫し絞殺したる極悪的行為を敢行しおり、厳重なる処分を至当と認む。》

これが事件の概要である。

警察官の実況見分調書には、別葉に被害者宅の屋内屋外の見取図、死体発見現場見取図、死体の位置ならびに写真などがつけられている。それには「被害者山根スエ子方の位置」として、本文の説明があった。

《本件被害の現場である山根スエ子方居宅は芝田市より東方八条町に通ずる県道約三キロの同市戸倉にあり、県道より南に少し入った小道の十字路西南角に東向に建てられた木造平屋瓦《かわら》葺《ぶ》きの建坪約五十二坪の建物と敷地約二百坪とを有する。

現場付近の一般的状況は、近年芝田市の発展にともない、アパート、建売住宅、個人建築住宅などが市周辺に延びはしたものの、この付近は未《いま》だ完全には住宅地化されず、いわゆる新開地と旧農村部とが相半ばする地域である。

これより西へ約三キロ行ったところに××工業株式会社芝田工場の工員寄宿寮(独身者のみ約六十名収容)があり、それよりさらに西へ約一キロ半の地点に同工場がある。

被害者山根スエ子方は見取図第一、二、三及び写真第一、二、三、四号の通り道路との境界はプラタナスが道路辺りに並行して立生し、更に居宅西北方角より竹塀《たけべい》で区画されて居る、居宅南面は高さ約一メートル半の檜生垣《ひのき》および内側の檀《まゆみ》の木が垣に沿って防火垣を形成して立生し、屋敷内にはかなりな樹齢をもつ高さ約八メートルの樟《くすのき》が一本あり、近隣の場所から目立って見える。》

これが「被害者方の位置及び居宅内の模様」で、さらに玄関、各部屋、便所、縁側、裏口、物置などにわたって詳細に記されている。

だが、捜査一課長の眼はそれらにはむかわず、おもに「被害者宅付近の一般的状況」や「被害者居宅の周辺の模様」に吸い寄せられていた。

司法警察員の作製したこの「写生」主義で無味乾燥な文章を香春銀作が文学的感動をおぼえて熟読しているとは思えない。それにそこは彼がいままで何度も読んできたところなのである。しかし、いまはもっと別な興趣を見つけようとしているようである。

もっとも、文学的に技巧を凝らした文章もこうした素気ない報告書のもつ迫真性には及ばないことがある。とくに香春銀作がときおりのぞく文芸雑誌の中堅・新人の作品にはその文章に気取りのデザインがまつわりすぎていて状況を得るのにもどかしい。

そこへゆくと、次の「被害状況」などはまことに即物的であった。

《奥八畳の間の状況。

座敷東側に被害者山根スエ子が敷かれた蒲団《ふとん》の上に横たわっていたが、掛蒲団は下半身より上半身の方へまくり上げられ寝巻の裾《すそ》より両足を出している。その状況は写真第四七号の通りである。

床の間の前障子際《ぎわ》には棕梠《しゅろ》植木鉢一個とその脇《わき》に約一メートルの高さの三面鏡が置いてある。鏡台の蓋《ふた》は閉められ、鏡台には香水、クリームの瓶《びん》一個ずつがのせてある。

掛蒲団の上方を除くと被害者山根スエ子は枕《まくら》をはずし敷蒲団からはずれて顔を東方に向け、両眼を閉じ、口中より出血し、両手首を紐《ひも》で縛られていた。

さらに掛蒲団を除くと写真第四八号のごとく、縦縞《たてじま》模様のある袷《あわせ》銘仙の寝巻と晒《さらし》木綿の肌襦袢《はだじゅばん》とが着重ねてあった。

次に寝巻を除くと写真第四九号のような状態で、顔は敷蒲団よりはずれ、右頬を畳に押しつけ、両手を顔の前方に右手を下に左手を上に交叉《こうさ》し両手首を細紐でふた巻きにして縛られ、頸部《けいぶ》は麻紐および青色化繊風呂敷《ふろしき》で縛られ、両足首には麻紐一本が一重巻きにしてあったが解けており、足首下には切断された長さ三十二センチの両足に巻いた紐と同一と認められる麻紐が落ちていた。

被害者山根スエ子の白木綿腰巻は膝関節《しつかんせつ》のところまでつり上っており、肌着の袖《そで》は肘《ひじ》のうえまでまくり上っていた。ズロースは脱してあった。

屍体の模様については写真第八五号の通り前頸部に索溝痕《さくこうこん》が強くあらわれていて、索溝部位上部は鬱血《うっけつ》により頸部以下と明らかに区別された。示指、中指の第二関節に創傷痕が認められ、僅《わず》かの凝結が見られ、両手首には写真第七八号の如《ごと》く強く皮膚に喰い込んだ紐跡が認められた。大陰唇《だいいんしん》上部陰毛に精液と認められる粘液附着し、左大腿部《だいたいぶ》裏面に写真第一〇五号の通り精液らしき附着物が二箇所に発見された。また両眼瞼《がんけん》膜に溢血《いっけつ》点が認められ、鼻孔の泡状液体および口中より出血、舌を嚙《か》んだ状態等より頸部に巻きつけてあった前記凶器により絞殺され窒息死したるものと認められる。

以上の被害状況により被害者の抵抗の模様を見ると、寝具の状態、枕より頸部が脱落して蒲団外に落ちた状態、手首の緊縛の模様、両足の緊縛の模様等よりして大なる抵抗することなく暴行を受け、絞扼《こうやく》の際における苦悶《くもん》により上記の状態となったものと認められた。》

《被疑者鈴木延次郎の第一回供述書。

　右の者に対する強盗強姦殺人被疑事件につき昭和××年十一月二十日芝田警察署において、本職はあらかじめ供述を拒むことができる旨《むね》を告げて取り調べたところ、任意左の通り供述した。
　一、私は昨年七月に本籍地を出て岡山市の兄のもとに来て職をさがしましたが思うような勤め口もなく、昨年九月から芝田市字蓮見《あざはすみ》にある××工業株式会社の工場に入り、製品包装部に働いており、月収九万八千円をもらって同工場の独身者寄宿寮に入っております。
　二、私は、本年六月ごろ市内の映画館で知り合いとなった市内館町二丁目三七番地大川絹子（当二十六歳）とつき合っているうち結婚話となり、絹子の両親もこれを承知しました。そこで新居としては本年秋に建つ予定の市内紺屋町の分譲住宅がよいということになり、絹子がこれに申しこんだところ抽籤《ちゆうせん》にあたり、彼女の両親が頭金を出してくれることになりました。そういうことで、私も男として結婚費用の半分くらいは負担しなければならぬと思いましたが、会社からもらう給料も少なく、寄宿寮の賄《まかない》費がそれからさし引かれるような状態で金が無く悩んでおりました。

ところが本年九月はじめごろ、この土地の者で同じ職場にいる同僚の大塚啓蔵（当二十八歳）と市内戸倉を通行していますと、彼が一軒の家を指さして、この家には主人と三年前に死別した山根スエ子という後家さんがひとりで住んでいて、亡夫の遺《のこ》した金を高利で近所や知り合いに貸している、というようなことを問わず語りに私に話しました。

結婚費用に困っていた私は、その山根スエ子さんに金を借りに行こうかと思い、その山根さんの家のまわりを一週に二、三度くらい歩きまわったことがありますが、どうしても中にはいる決心がつきませんでした。というのは、手どり八万円そこそこの工員の私に、何の抵当もなしに山根スエ子さんがまとまった金を貸してくれるわけがないからです。

で、山根さんがあの家にたったひとりで暮していると知って、悪いこととはわかっていましたが、盗みにはいろうと思い、それからも散歩するようなふりをして何回か山根さんの家のぐるりを様子を見に行きました。

十月二十八日は私は腹痛がするといって、午後四時ごろ工場を早退してがらんとした寄宿寮に戻り、それから寮のおばさんには、市内によい漢方医がいるときいたのでそこに行くと云《い》って五時ごろのバスに乗って市内の駅前で降り、映画館に入って二本立ての映画を見たり、それが終るとスシ屋に入って腹ごしらえをしたりして時間をつぶしました。そうして十一時ごろになったので、最終のバスもないし、またそういうものに乗ってだれかに顔を見られては困ると思い、約三キロの道を歩いて山根スエ子さんの家の裏につきました。十一時三十分ごろだったと思います。その前から雨が降っていました。

三、その近所はまだ田舎で、山根さんの家の両横も前もうしろも畑があってよその家はそれからはなれていましたので、夜の十一時半というとだれも歩いていず、真暗でした。私は裏口に行って、すぐ横の縁側の雨戸の一枚を音がしないようにようやくのことで外しました。そのときは指紋がつかぬように用意してきた軍手を両手につけていました。

そうして、やはりズボンのうしろポケットに入れておいた小さな懐中電灯を点《つ》けて、襖《ふすま》をあけて座敷にはいりますと、そこはいきなり八畳の間で、女のひとが寝ていました。私は、金がどこにあるかわからず、探しようもないので、いっそのこと女のひとを起して脅かして金を出させようと思い、枕元にしゃがみ、掛蒲団のうえから軽く叩《たた》きました。

女のひとはびっくりして眼をさまし、懐中電灯にそのおびえた顔が映りました。

三十七、八くらいの年齢のひとなので、それが山根スエ子さんだと知りました。私はそれをみて

私も声がふるえましたが、山根さんも肩をふるわせておりました。私は金はないと云いましたが、出さねばひどい目にあわすぞ、と私がおどしますと、山根さんは起きて、押入れを開け、下段にたたんで積んである蒲団の間から青色の小さな風呂敷包みをとり出しました。それをほどくとデパートの包紙や新聞紙が何枚にも重ねてある平べったい包が出て、その中からうすい状袋をとり出しました。山根さんは、これだけあるからみんな持って行っていい、ほかには金はないと云いました。それは一万円札が二枚、五千円札が一枚、千円札が三枚でした。私は、こんな少ない金では帰れない、おまえさんは金もちだからもっとあるはずだ、かくしているところから出しなさい、と云いました。山根スエ子さんは寝巻一枚で、寝て起きたままなので、衿《えり》も前もはだけていました。……》

12

被疑者鈴木延次郎の第二回の供述書は、第一回の取調べがあった翌日の十一月二十

一日である。

《昨日のつづきを申上げます。

一、そんな次第で、私は二万八千円を手にしましたが、山根スエ子さんが金持ちで高利で人に貸していると聞いていましたので、もっと現金があるだろうと思い、もっと金を出せ、隠さずにみんな出せ、おれは二十万円より少なくては帰れないのだ、もし吐き出さないなら非道《ひど》い目に遇《あ》わせるぞ、おれは柔道の手を知っているから、おまえを絞め殺すくらいは何でもないのだ、とおどしました。私は中学生のころから柔道を習い、その後も町の道場に通って二段になっております。

山根さんは私がおどすので怕《こわ》くなって簞笥《たんす》の前に行き、そこに膝《ひざ》を突いて、いちばん下段の右側の観音開きになっているところを鍵《かぎ》で開け、その小《こ》抽出《ひきだ》しの二段目をひき出して茶色の封筒をとり出して私に渡しました。その中には一万円札が六枚と五千円札が三枚入っておりました。そのほか銀行預金通帳とか郵便局の通帳などが三、四冊見えましたが、そんなものを取っても預金や貯金は下ろせないので、私は現金だけを封筒からとり出してポケットに捩《ね》じこみました。

山根さんは私がそれで納得して帰ると思って少し安心したか、その簞笥の観音開きを閉め、鍵をかけていました。

その膝を畳に突いている山根さんの後姿のはだけた衿頸《えりくび》に眼を遣《や》っているうち、私はむらむらとこの女を抱きたくなりました。それでなくとも、蒲団《ふとん》から起き上ってきたままのしどけない寝巻姿をさっきから見て妙な気持になっていたのです。

私は、箪笥の前から立ち上ろうとする山根さんにうしろから抱きつき、そのまま蒲団の上に引き摺《ず》って行きました。抵抗する彼女をそこに押し倒し、馬乗りになって押えつけたのですが、彼女は両手で私の顔を掻《か》きむしってもがき、思うとおりになりませんでした。そのとき彼女の爪《つめ》で私の顔に掻き傷ができました。そして大きな声を出したので、私も不安になるやら腹が立つやらして、袷《あわせ》寝巻の前衿を両手でつかんで頸の前で合わせて絞めました。やがて彼女はおとなしくなり、ぐったりとなりました。それは柔道の手で「落し」たので、絞め殺したのではありません。気を失っただけでありました。それで私は彼女の寝巻の前をはぐり、ズロースを脱《と》りのぞいて姦淫《かんいん》しました。その行為中、彼女は気を失ったままで蒲団の上に横たわっておりました。

二、それが済んだので、私は山根さんの上に掛蒲団の端《はし》が顔をかくすくらいに掛けてやりました。私は奪った合計十万三千円の現金をポケットに捩じこみ、侵入口の裏の縁側のところに来ましたが、雨はまだ降っておりました。私は傘も持たずレインコートも着ていませんでしたので、ポケットに入れた紙幣が雨で濡《ぬ》れると困るなァと思い、八畳の間にとって返すと、山根さんの枕《まくら》もとにさきほど彼女が二万八千円の現金を出すときにほどいたデパートの包紙と新聞紙とが眼につきました。私は十万三千円の紙幣を新聞紙にくるみ、さらにデパートの包紙で包んだのですが、包んだ紙の端がとめてないので解けてしまいそうで、たとえポケットに入れても心配になりました。

三、それで、何か糊《のり》か飯粒でもないかと思いましたが糊の容器は見つからず、台所に行くと、台所の土間の隅に飯が少し入っているアルミの椀《わん》を見つけました。それには煮魚の食べ残りと汁とがかけてありました。私は、この家には猫でもいるのかなァと思いましたが、さっきから猫の姿も啼《な》き声も聞えませんでした。私はそのアルミ椀の中から汁のかかってないご飯粒を取って紙幣を包んだデパートの包装紙の端に塗りつけ糊がわりに封をしました。その間、およそ十分間ぐらいだったと思いますが、裏口に行くとき八畳の間を通りましたが、掛蒲団は動いていず、彼女はまだ気絶状態でした。私は裏の縁側からそこに脱いでいた靴をはいて逃げましたが、雨戸を閉める余裕がないので、そのままにしました。そのとき雨はやんでおりました。

四、私は外に出ましたが、電柱にとりつけてある外灯の光で腕時計を見ますと、午前零時二十分を一、二分か過ぎていました。そのまま××工業の寄宿寮に帰るとなんだか途中で行き遇う人に見られそうなので道を変えて大回りをして帰ろうと思い、山岡のほうとは反対の道に向い、その途中に林がありましたので、その中に入って五分ほど休んで息を入れました。そのとき顔がヒリヒリするので、指を当てますと、血が出ていました。山根さんの爪でできた掻き傷でした。そこから迂回《うかい》して寄宿寮に戻りましたのが午前一時三十五分でした。

五、いま申し上げたように私は山根スエ子さんを柔道の十字絞といって衿首で絞めて気絶させ、姦淫はいたしましたが、麻紐《あさひも》で手足を縛り、その紐で絞殺《こうさつ》したということは絶対にありません。どのようなわけで、山根スエ子さんがそういう絞殺遺体で発見されたのか、私にはさっぱり分りません。

六、山根スエ子さん方から百メートル東にはなれた農家の人が東にむかって歩く足音を二十九日午前零時四十五分ごろに家の中で聞いたと云《い》うなら、それは私の歩いている足音かもしれません。けれども私はその農家の人が聞いたという雨の降ったあとの道をハダシで歩いてはいません。そして何も引きずってはいません。私は短靴をはいて歩いて寄宿寮まで帰りました。》

香春《かわら》銀作は「芝田市戸倉発生、未亡人強盗強姦殺人事件」のこうした捜査記録書類をあらためて読みなおしている。

県警本部は県庁舎の十一階ビルのうち五階の全部を占めている。全館にスチームが入るのはまだ早い。さりとて室内にじっとしているにはコンクリートの床と壁から冷気が滲《し》み出して包んでくるようでうすら寒い。さいわい捜査一課長室は東南むきの角にある。おだやかな陽ざしの当る窓ガラスの枠《わく》のふちに向う側から大きな蠅《はえ》が一匹とまって腹と脚を見せている。

こんな遅い季節になってもまだ蠅が生き残っているのかと思う。食堂の廚房《ちゆうぼう》あたりから飛んできたのかもしれないが、このビルの五階まで這《は》い上ってくるのはさぞ骨折りだったろうと思う。蠅は力がなく、翅《はね》を大儀そうに小さく動かすだけでうずくまっている。

――解剖所見は、加害者の体内の精液が被害者の体液と混合して検体の血液型はAB型となっていたが、被害者の血液型はB型であるから犯人の血液型はA型である、とし、これは被害者の太腿《ふともも》の一部や腰巻に付着した精液の血液型がA型であるのと一致するとしている。鑑識の検査では、被疑者鈴木延次郎の血液型はA型である。

――検証調書。被害者宅の裏側の縁の雨戸（犯人の侵入ならびに逃走口）、八畳間、台所などに於《お》て犯人の手の触れたと思われる物件について遺留指紋の検出を行なったが、被害者山根スエ子の指紋のみで、それ以外に明瞭《めいりょう》にして対照可能な指紋の顕出はできなかった。犯人は手套《しゅとう》等を使用していたとみられる。

被害者宅の裏口付近をはじめ周辺には足跡、靴・下駄等の履物の跡は発見せられなかった。二十八日は午後十時四十分ごろよりかなり強い降雨があって地面は濡れていたが、これは二十九日午前零時十分ごろに止《や》んだ。この間に犯人の足あとは残っていた可能性があるが、午前三時半ごろ、再び強い降雨があって地面の足跡を洗い流したものと思われる。

――事実上申書（証言）

《私は芝田市戸倉八七五番地ノ一、農業村田貞三郎妻友子、当四十七歳でございます。

本年十月二十八日夜、近所の山根スエ子さんが殺された事件について何か心当りはないかとのお尋ねにより申上げます。

山根スエ子さん宅から私方は東方向に約百メートルはなれております。その間には畑があります。

私はその夜八時半ごろに就寝しましたが、途中で眼をさまし、便所に立ちました。便所は北方向の道路側に面しております。用をたして部屋に戻ろうとしたとき、道路を東方向に歩く人の足音が雨戸越しに聞えました。そのとき雨の音はしてなかったので、雨はやんでいたと思います。その足音というのは雨で濡れた道をピタピタと跣《はだし》で歩いている足音でありました。なお、その足音は片足をひきずるようなぐあいに聞えました。それを聞いたのは、一分間ぐらいだったかと思います。こんな深夜の雨上りの道をどういう人が跣で歩いているのかとちょっと不思議に思いましたが、それ以上には気にもとめずに床の中に入りました。ほかの家族は熟睡していましたから、それを聞いたのは私だけであります。床に入ってからふた部屋はなれた表の間の柱時計が一つ鳴りましたから、その足音を聞いたのは午前一時前だったと思います。九時半ごろになって山根スエ子さんの家に強盗が入り、スエ子さんが殺されたと聞いてびっくりいたしました。

右の通りに相違ありませんから上申書にて申上げます。》

香春銀作は綴込《つづりこ》みから眼をあげた。窓の蠅は消えていた。あの翅の様子では飛んで行ったとは思われない。窓枠から五階下へ墜落したのであろう。それとも、途中までずり落ちて下の階の窓枠にとりついているのかもしれない。

道路からは車の音が絶えず匍《は》い上っていた。

《被疑者鈴木延次郎の第五回供述書。

右の者に対する強盗強姦殺人被疑事件につき昭和××年十一月三十日芝田警察署において、本職はあらかじめ供述を拒むことができる旨《むね》を告げて取り調べたところ、任意左の通り供述した。

一、私はこれまで四回の事情聴取を通じて虚偽の申立てをしておりましたが、今回は本当のところを申上げます。

私が山根スエ子さんを柔道の手で意識を喪失させ、暴行したのではなく、山根さんの手足をお示しの紐で縛り、抵抗不能にしたうえ姦淫し、そのあと同じくお示しの麻紐を山根さんの頸に捲《ま》いて絞殺いたしました。その次第を申上げます。

二、箪笥《たんす》の前で山根スエ子さんから七万五千円を取りましてから、私はうしろむきに膝をついている彼女のうしろから抱きつき、その場に捩《ね》じ伏せようとしました。すると彼女は激しく抵抗して私の顔を両手で搔《か》きむしりました。顔にできたみみず腫《ば》れはそのときに彼女の爪によってできた搔き傷であります。それで私は腹が立ち、彼女の横頰を殴りました。山根さんはそれで頭が痺《しび》れたか、少しの間、そこに突伏しました。けれどもまた騒がれると思い、さっき、彼女が箪笥の上の小抽出しを開けたとき、そこに麻紐が束になってまるめてあるのが見えましたから、それをとり出しました。その麻紐はよそから送ってきた小包などに掛けてあったのを解き、それをつなぎ合せてあったものです。山根さんは亡夫の残した金で高利貸をするくらいですから、そんなふうに節約型だと思いました。麻紐の長さはまちまちで、長いのは二メートルくらいのがあり、短いのは三十センチ足らずのがありました。私がそのつなぎ目を解いていると畳に突伏していた山根さんが上体を起し、顔をあげました。麻紐を解いている私を見ると、立ち上って向うのほうへ逃げて行こうとしましたので、私はそのあとを追い、うしろから飛びつきました。それが蒲団の上でした。私は彼女をそこに捩じ倒し、また顔を強く殴りました。

三、その殴打《おうだ》で彼女は「うっ」と呻《うめ》くような声を出して、軽い脳震盪《のうしんとう》でも起したようにフラフラになりました。それでもこのままでは彼女は思いどおりにならないと考えたのと、大声でも出されると面倒だと思ったのと、さきほど顔を引掻かれた腹立たしさとで、彼女を押し倒すと、まず両手をばらばらに解いた麻紐で縛り、首にも紐を捲いて、云うことを聞かないとこのまま絞めて殺してしまうぞ、と云いましたので、それで彼女はおそろしくなったのかおとなしく枕の上に頭をのせました。

私は彼女の寝巻をはぐり、ズロースを脱ぎとって、姦淫にかかりました。私は、彼女が未亡人なので、強いて交接はしたものの、そのうち彼女のほうで快感をおぼえるものと期待していましたが、その期待に反し彼女は下から眼《む》を剝き、畜生、その顔をよくおぼえたから夜が明けたら警察に訴えて捕まえてやる、などと悪態を吐《つ》きはじめました。それで、こうして間近に顔を見られておぼえられたのだから警察に訴えられたらそれまでだと思い、交接が済むとそのまま彼女の頸に捲いた紐を強く絞めました。彼女は苦しがって頭を枕からはずし、身体《からだ》をもがかせ、敷蒲団の端から肩のところが畳にずり出ましたが、そのままぐったりとなりました。私は彼女が息を吹き返したら私の破滅になると思い、部屋の隅にあった青い風呂《ふろ》敷《しき》が目についたので、それを使ってさらに絞めつけました。そのあとで開いた両脚を付けて麻紐で縛りました。そうして掛蒲団を顔のところまで掛けて逃げました。そのときの時刻は前に云いましたことと変りはありません。

私は何とかして軽い罪になろうとして、いままでつくりごとを申しておりましたが、山根スエ子さんの苦悶《くもん》の顔が近ごろ毎晩のように夢の中にあらわれますので、おそろしくなったのと、ありのままを云ったほうが気が楽になると思いましたので、思い切って事実を申上げました。

――右の通り聴取し読み聞かせたところ誤の無い事を認め署名指示印した。》
しかし、被疑者鈴木延次郎は起訴されて被告となり、第一回の公判にのぞむと、この第五回以降の供述を全面的に否定し、それは取調べに当った警察官の精神的拷問《ごうもん》と誘導訊問《じんもん》のため虚偽の自白を強いられたものであり、真実は第一回より第四回までの警察署での供述、すなわち被害者山根スエ子は麻紐をもって絞殺したのではなく、合計十万三千円を奪ったあと、柔道の手で被害者を人事不省に陥らせ、これに暴行を加えたあと逃走したのである、と陳述しはじめた。弁護士もこの陳述の真実性を強く主張し、第三回までの公判にいたっている。
いま、香春銀作の頭にひっかかっているのは、この第二回の被疑者の供述の一部だった。それは供述書内容の「第三」の箇所である。
被疑者は十万三千円の現金をハダカでポケットに入れたが、外は雨が降っているので紙幣が濡れては困ると思い、そこにあった新聞紙とデパートの包装紙とで包んだが、その端をとめるために飯粒を探しに台所に行った。そうすると、
《台所の土間の隅に飯が少し入っているアルミの椀を見つけました。それには煮魚の食べ残りと汁とがかけてありました。私は、この家には猫でもいるのかなァと思いましたが、さっきから猫の姿も啼き声も聞えませんでした。》

これに疑問を起したのは、雑誌「文芸界」の同人雑誌評から別ページに引用された六枚くらいの文章を縁側に寝そべって読んでからである。

13

香春《かわら》銀作は記録書類綴《つづり》を繰った。訊問者《じんもんしゃ》は捜査一課の越智《おち》達雄警部補である。

《問　君は台所の土間の隅にあったアルミの椀《わん》から飯粒をとって金の包みを封じたというが、それは間違いないか。

答　間違いありません。

問　しかし、被害者宅の現場の実況見分をしたときには、そういうアルミ椀などは無かったよ。

答　それはおかしいですね。わたしは奪った十万三千円の札をポケットに突っこんでいても、外の雨で濡《ぬ》れては困ると思い、あの奥さんが金を出すときに解いたデパートの包紙を利用して札を包んだのです。けれど包みの端がめくれるので、なにか糊《のり》か飯粒はないかなァと思って台所にさがしに行ったのです。そこに猫にやるような煮魚の汁かけ飯の残りがアルミ椀に入っていたので、その飯粒を二粒か三粒とって包みの端に塗りつけました。ですから、それはよく憶《おぼ》えています。

問　そのデパートの包紙はどうしたか。

答　翌日、破って芝田川に捨てました。

問　君は、被害者宅で猫の姿を見るとか、その啼《な》き声でも聞いたか。

答　いいえ。それは申し上げたとおり、猫の姿も見えず、その啼き声も聞えませんでした。

問　君が犯行に費した時間は約五十分間である。その間にあれだけの騒ぎがあったのだから、猫や犬がいれば啼くか、そこにくるかしそうなものだがね。

答　そうですね。

問　あの家には猫も犬も飼ってなかったのだよ。それは近くの人が言っているからね。

答　そうですか。

問　だから、そんなアルミ椀に汁をかけた飯が台所の土間に置いてあるわけがない。いま言い聞かせたように警察の現場検証でもそんなものはなかったのだから。

答　どうもおかしいですね。

問　君の思い違いではないか。

答　そう云《い》われるなら、そうかもしれません。》

──これで終っている。

アルミ椀に入った飯の問答はあとにもさきにもこれだけであった。香春銀作も、鈴木延次郎を送検する前にこの訊問調書は読んでいた。が、べつだんこの箇所は気にもとめなかった。一つはアルミ椀の飯など犯行には直接関係のない些《さ》細《さい》なことだからである。一つは、鈴木が犯行を全面的に自供した安心もあった。

しかし、公判になってから鈴木被告は警察での第五回以降の自供を飜《ひるがえ》し、被害者山根スエ子から合計十万三千円を奪った末、スエ子を柔道の手で「落し」て意識不明にさせ、暴行を加えて逃走したもので、自分は被害者を麻紐《あさひも》で絞殺したことはない、と主張しはじめ、第四回供述までが事実であって、第五回からあとは、まったく警察官の精神的拷問《ごうもん》と誘導訊問によるもので、留置場で同房者から「早く身体《からだ》が楽になるためには警察の云うとおりを認めて拘置所に移ったほうがよい、裁判になれば真実が分るのだから」と教えられて心にもない自白をした、と陳述しはじめた。

香春銀作は、第三回までの公判記録をとり寄せてみたが、裁判長の訊問も「アルミ椀の飯」にはふれていなかった。それに妙なことに鈴木被告も、奪った現金合計十万三千円をデパートの包紙につつんだことは云っているが、アルミ椀の飯粒で端をとめたとは述べていない。

裁判官や検察官の手もとにはもちろん警察署の被疑者に対するこの訊問調書は行っている。それなのに裁判官はこのアルミ椀の飯のことを被告に訊《き》いていない。これも瑣末《さまつ》なことだと思われたからだろうか。

それに検察官の「起訴事実」にもアルミ椀のことは省略されている。起訴事実にないから裁判長の訊問がなかったともいえる。

しかし、これは被害者の家を現場検証した際、アルミ椀がなかったことによるのだろう。被告の気持からすれば――弁護士もそうだが――幻のアルミ椀をもち出すと被告陳述の信憑性《しんぴょうせい》にも影響するので法廷ではそれを引っこめたとも思われる。

また、検察官の考えにしても、アルミ椀は被害者宅に実際には存在しなかったのであるから、それにふれるのは起訴事実の証拠力に響き、弁護士などから突込まれることを懸念《けねん》して削除したのであろう。

香春銀作は、裁判段階でアルミ椀の件が消えたのをそのように忖度《そんたく》したが、そんな推察が起ったのも、実は雑誌「文芸界」を読んでからで、それ以前は気がつかなかったことである。

香春銀作捜査一課長は、次に弁護人成瀬一夫のこれまでの「弁論要旨」を読んでみた。

それには、被告鈴木延次郎が被害者山根スエ子を麻紐で手足を緊縛したうえ、これを麻紐で絞殺《こうさつ》したと述べたのは、警察官の連日深夜におよぶ取調べで睡眠不足となり「頭がかすんで呆《ぼう》となり、どうせ公判廷で述べれば真実が分ってもらえると思い」警察官の云うままに心にもない虚偽の自白をしたものである、と弁護人としては常套的《じょうとう》(?)な主張があった。そして、こう述べている。

《被告は、被害者山根スエ子より現金十万三千円を強奪したことも、被害者を柔道の手で人事不省に陥らしめてこれに暴行を加えたことも、改悛《かいしゅん》の上すべて自白しているのである。而《しこう》してこのような犯行によって被告の目的は達せられたのであるから、それ以上、何の必要があって被害者を縛ってまで絞殺するだろうか。

およそ、かかる行為に出るときは、被害者が極力抵抗して加害者の意が達せられない場合、あるいは被害者が大声を出して近所に聞えるよう救いを求めて加害者が逮捕される危険を感じた場合にのみ、そのことが諒解《りょうかい》される。しかるに被告は被害者を人事不省に陥《おとしい》れたのであるから抵抗されることもなく、また大声で叫ばれることもなく、容易に暴行の目的を達している。この上、被害者を絞殺する必要は少しもないのである。

そもそも被告が被害者の家に忍びこんだ意図は、被害者が小金持ちで金貸しなどをしていることをたまたま友人などから聞いて強盗を働くにあった。ところが、被告は現金を取ったあと、被害者のしどけない寝巻姿を見て劣情が起り、前述の暴行におよんだものであって、はじめから少しも殺意はないのである。

このような突発的な犯行でも、加害者が途中で俄《にわ》かに殺害の挙に出ることはある。それは加害者と被害者とが知り合いであるとか、または面識がある場合である。すなわち加害者は、その顔見知りによって、あとで訴えられることを懸念するあまりに被害者を殺害し、もって自己の犯跡をくらませようとするのである。

これまでの事犯例で、窃盗に入ったその家の者とは顔見知りなのでこれを殺害したといったのや、暗い道で婦女に暴行したが、その女とは知り合いだったので、警察に訴えられるのを恐れて殺害したといったケースは少なくない。

しかるに、被告は被害者とは一面識もなく、しかも顔が分らぬように大きなマスクをつけていたのである。被告の居住する××工業会社の寄宿寮は被害者宅とは約三キロはなれており、被告が工場に通勤する際も被害者宅の方向とは反対の道順であり、また町に出るにも被告は被害者宅の前を通る要は少しもないのである。

被告はバスの中とか芝田市内で山根スエ子と偶然に会って顔を見られることをあらかじめ懸念して、その際でも彼女に識別できぬよう自分の顔に大きなマスクをかけて被害者宅に侵入したのである。日常顔見知りでもない人間が、顔の半分がかくれるようなマスクをしていれば、あとで被害者に遇《あ》っても自分が識別される心配がないと被告が考えたのは無理からぬことである。そのように意識した者が、すべての目的を達したあと、いかなる必要があってわざわざ被害者を殺害するの行動に出るだろうか。

本弁護人は、それに関連して最近弁護を扱った或《あ》る事犯例を参考のために裁判長に申し上げたい。

それは芝田市から遠くない或る町で起った婦女暴行事件である。ここには必要でないから具体的な日時も地名も被害者名も加害者名もすべて省略する。

加害者は二十六歳になる独身の青年である。彼はその晩、映画館に行ってポルノ映画を見物し、性的刺戟《しげき》を受けていた。映画館がはね、十時ごろに村道を歩いていると先に行く女があり、見ると伴《つ》れもなく通行人もないので、その女に近づき、突然、女の前にまわってその顔を五、六回強く殴打《おうだ》して、情交を迫った。女はいきなり殴打されたので、頭がふらふらしたのと、言うことを聞かなければ殺されるかと恐怖して、男の手に引張られるままに樹林の茂みの中に入り、姦淫《かんいん》されたのである。そのあと男は、済まなかった、勘弁してくれ、と被害者に頭を下げて謝罪している。それは加害者と被害者とが顔見知りでなかったためである。だから、被害者を殺すかわりに低頭して詫《わ》びたのである。このような事件例は多いのである。

犯人が逮捕されたのは、被害者が警察に訴えたからではなく、犯人が他の窃盗罪によって検挙され、そのときこの暴行事件を自供したので、その時刻、その道を歩いていた婦人の割り出しにかかり、遂《つい》に被害届を出していない被害者の身もとが判明したのである。

これをもってしても、顔見知りでもない本件の被告鈴木延次郎が被害者山根スエ子を殺害したのではないことが断言できるであろう。》

「弁論要旨」は、もう少しつづく。

《被告鈴木延次郎が山根スエ子を殺害した犯人だと警察が断定したのは、被告の警察における第七回訊問の自供にもよる。訊問調書から摘記すれば、その自供の要点は次のとおりである。

「私は、その犯行を済ませて外に出ましたが、電柱にとりつけてある外灯の光で腕時計を見ますと、午前零時二十一分か二分のところを針がさしていたと思います。雨はやんでいました。私はこんな夜ふけに靴で歩いていると、その靴音を道路ばたの家の人に聞かれ、怪しまれて戸を開けてのぞく人があるといけないと思い、靴と沓下《くつした》を脱いで両手にさげて歩きました。かなり強い雨が降ったあとなので、舗装道路ですが、小さな水溜《みずたま》りがほうぼうにできておりましたが、その上を跣《はだし》で歩いたのでピタピタと音がしました。

私は恐ろしい犯行をしたあとなので、だいぶん気持が動揺していました。それで気を落ちつけるために、山根さん宅の斜め前の畑の向うにある木立の中に入って三十分間くらい休みました。そのとき、顔がヒリヒリするので、山根さんに爪《つめ》で掻《か》かれたのを知りました。歩いているうちに、私は右の足首が、挫《くじ》いたように痛いので、少しびっこをひくように、引きずるような歩きかたになりました。山根さんの家から逃げるときにあわてたので、裏口濡縁を飛び降りて捻挫《ねんざ》したと思います。けど、それは翌《あく》る日には癒《なお》りました。戻り道を大きく迂回《うかい》して寄宿寮に戻ったのが午前一時三十五分でした。」

被告が警察でしたこの供述は、あきらかに取調べの警察官から精神的な拷問に遇い、その場逃れに警察官の暗示的な言葉にしたがって吐いた言葉である。

まず、被告は犯行後、なぜに靴と沓下とを脱いで雨の降ったあとの道を歩かねばならなかったか、である。

それは被害者山根スエ子宅より東百メートルはなれた農業村田貞三郎妻友子の証言に被告の行動を合わせるために、警察官が被告に示唆《しさ》して、あるいは誘導して自供させたものである。

すなわち村田友子の証言によれば、彼女はその夜八時半ごろに就寝したが、途中で眼をさまし便所に立って部屋に戻ろうとしたときに道路を東方向に歩く人の足音が雨戸越しに聞え、

「その足音というのは雨で濡れた道をピタピタと跣で歩いている足音でありました。なお、その足音は片足をひきずるようなぐあいに聞えました。それを聞いたのは、一分間ぐらいだったかと思います。こんな深夜の雨上りの道をどういう人が跣で歩いているのかとちょっと不思議に思いましたが、それ以上には気にもとめずに床の中に入りました。ほかの家族は熟睡していましたから、それを聞いたのは私だけでありました。床に入ってからふた部屋はなれた表の間の柱時計が一つ鳴りましたから、

その足音を聞いたのは午前一時前だったと思います」と云っているが、被告の警察での強いられた自供は、まさにこの証言に合致させるようにしたものである。

被告は本公判廷で、山根スエ子宅を出たあと靴をはいて道路を東の方向へ歩いたと陳述している。警察における第四回までの自供でもそうなっている。それが第五回からの自供で、突然、靴も沓下も脱いで跣になったのは、右の村田友子の証言が、家の中で「雨で濡れた道をピタピタと跣で歩いている足音」を聞いたとあるからである。だから警察での被告の自供も、水溜りの道路の上を「跣で歩いたのでピタピタと音がしました」となっているのである。ピタピタという擬音語まで村田友子の言葉に合わさせているではないか。

雨で濡れた道をだれが好きこのんでわざわざ靴を脱ぎ、沓下まで脱《と》って歩くだろうか。沓下をはいていたほうが、まだ足音が消えて道路ばたの家には聞えないはずである。深夜の道を脱いだ靴をさげて歩いている姿を、もし通行人に見られたら、それこそ怪しまれるにちがいない。そのような怪しまれる恰好《かっこう》をわざわざ犯人がする理由がない。これこそ証言と辻褄《つじつま》を合わせるための警察官の作為である。

それに、証言が「片足をひきずるような足音」とあるので、警察では当時被疑者だった被告に逃走の際右足首を軽く捻挫したと云わせている。その捻挫がつくりごとなのは、翌日になって足首を挫いたのが癒ったと被告に云わせていることでもわかる。もしレントゲンにかけた場合、捻挫の事実がないことを警察が考慮したが故《ゆえ》である。

まだある。……》

「弁論要旨」のつづき

《……被告は十一月二十一日、芝田警察署での第二回取調べに対して左のように供述している。

「私は（犯行を終り、被害者山根スエ子の宅から）外に出ましたが、電柱にとりつけてある外灯の光で腕時計を見ますと、午前零時二十分を一、二分か過ぎていました。そのまま××工業の寄宿寮に帰るとなんだか途中で行き遇う人に見られそうなので道を変えて大回りをして帰ろうと思い、山岡のほうとは反対の道に向い、その途中に林がありましたので、その中に入って五分ほど休んで息を入れました。そのとき顔がヒリヒリするので、指を当てますと、血が出ていました。山根さんの爪でできた掻き傷でした」

この箇所が第七回の取調べでは、次のような供述となっている。

「私は恐ろしい犯行をしたあとなので、だいぶん気持が動揺していました。それで気を落ちつけるために、山根さん宅の斜め前の畑の向うにある木立の中に入って三十分間くらい休みました。そのとき、顔がヒリヒリするので、山根さんの爪で掻かれたのを知りました」

犯行後、被告が休んだ場所が第二回供述では、

「山岡のほうとは反対の道に向い、その途中に林があったので、その中に入った」

となり、第七回供述では、

「山根さん宅の斜め前の畑の向うにある木立の中」

となっている。

そして、休んだ時間も、第二回供述では、

「五分ほど」

となっているが、第七回のそれには、

「三十分間くらい」

となっている。

云《い》うまでもなく、第二回供述は被告が任意に自供したものであり、第七回は第五

回の自供内容の変更を受けている。被告の本公判廷で述べるところでは、取調べ警察官の精神的拷問《ごうもん》と誘導訊問《じんもん》のために止《や》むなくその警察官の示唆にしたがって供述したものであると云っている。

かりに被告のその主張を認めて、その気持で両方の供述の相違点を読むならば、まことに然《しか》るべきものがある。すなわち林の場所と休憩時間の変更は、ともに被害者山根スエ子宅から間に畑をはさんで東に百メートルはなれた住宅の農業村田貞三郎妻友子の証言に合わせたものである。

村田友子証人の証言によれば、

「表の道を東の方向へピタピタと跣で通る足音を聞いたのは、一分間ぐらいだったかと思います。……床に入ってからふた部屋はなれた表の間の柱時計が一つ鳴りましたから、その足音を聞いたのは午前一時前だったと思います」

とある。

付近の地理を本弁護人が実際に踏査するに、被害者宅から東方向に道路に沿って雑木林が三カ所あるが、いずれも証人村田貞三郎宅よりは東にはなれている。最も近い林で証人宅よりは約八百メートルの距離である。

しかし、山根スエ子殺害を被告の犯行とするには、第二回の供述だと証人の「表を通る足音を聞いたのは午前一時前だったと思います」という証言とは喰い違うことになる。なんとなれば、被告は第二回の取調べ以来、終始一貫して、「犯行後、被害者宅を出たとき、外灯の光で腕時計を見ると午前零時二十分を一、二分か過ぎていた」と供述しているからである。

被告がそのとき持っていた腕時計は狂っていなかった。殺人のことは別として、とにかく強盗・暴行という異常な犯罪を行なった直後に外灯の光で見た腕時計の針であるから、普通のときよりは印象が強かったはずである。すなわちこの午前零時二十一分か二分という被告の時間に対する記憶は正確だったのである。

取調べ警察官もこの腕時計の時刻を認めざるを得なかった。しかし、そうすると、村田証言と合致しなくなる。村田宅は被害者宅とは畑を間に百メートルしかはなれてなく、この距離は普通に歩いても二分足らずである。供述どおりにすれば被告が証人宅の前を通ったのは零時二十三分か四分ということになり、証人が跣の足音を屋内で聞いた「一時前」とは大きな開きがある。

この開きを縮めるには、犯行後被告が「休んだ」という林を被害者と証人宅との間に持ってきて、しかもその場所で相当時間を過したということにしなければならない。そこで思いつかれたのが、その林を「山根さん宅の斜め前の畑の向うにある木立」に持ってくることであった。そうして、その「木立の中」で「三十分間ほど休憩」させることにした。こうすると、被告が被害者宅を出たのが零時二十一分か二分であっても、斜め前の畑の向うにある木立と道路との往復所要時間、木立の中での休憩時間三十分を合計すると、証人宅の前を通るのがちょうど「一時前」ということになる。

本弁護人は、現場付近の実地踏査において、たしかに被害者山根スエ子方の斜め前に畑があり、その畑から北方向に約二百メートルはなれたところにモミ、カエデなどの雑木が十本ばかり立っているのを認めた。それはまさに「木立」である。しかも、そこに行くには畑の中に路《みち》はついてなく、県道を西側に五十メートルほど戻って畔道《あぜみち》を迂回しなければならないのである。》

《一方、被告の警察での第二回供述に従ってみると、前記のように証人村田宅より県道沿いに東へ約八百メートル行ったところに百本近い雑木より成る「林」がある。これは県道のすぐ横である。

およそ犯人の心理として、犯行後はなるべく被害者宅より離れたところに居たいものである。異常な犯行による疲労と精神的緊張とを緩めるために憩《やす》むにしてもその心理に従うのが自然である。しかるに第七回の供述では被害者宅の斜め前の畑の向うにある木立で休んだという。そこは夜ではあるが、犯行をしたばかりの被害者宅が昼間だと望見できるところにある。そんな場所に、犯人ならば県道から不便な大回りをして畔道を通ってまで行って三十分間も休憩するであろうか。その木立も樹《き》が少ないのである。

それよりも、証人宅より県道に沿って東へ約八百メートル行った雑木林で憩むのが自然の行動である。道路のすぐ横であり、樹木も多い。「五分間くらい休みました」という休憩時間も無理が感じられない。

これを要するに、被告が山根スエ子方の犯行を済ませて証人宅前の県道を東へ通りかかった時刻を村田証言の「午前一時前」に合わせるため、取調べの警察官が当時被疑者であった被告に強制した結果が第七回の供述である。すべてはこの「時間合せ」のためである。

証言に、午前一時前に表を跣《はだし》で通るピタピタという足音を聞いたとあることから、被告に靴を脱がせ、雨上りの濡《ぬ》れた道を靴をぶらさげて跣で歩かせるという世にも奇妙な恰好をさせて、これを警察官が被告の自供として強いたと判断せざるを得ない。

被告が証人宅の前を通ったのは、第四回までの供述の通り電柱の外灯で腕時計を見た時から二分ほどたった零時二十三分か四分ごろであり、そのときは証人は便所に立つ前であって就寝中だったのである。就寝中であったから、そのときの足音を証人は聞いていなかったのである。

しかし、証人が虚言を云っているとも思えないし、時刻の記憶違いをしているとも考えられない。とすれば、午前一時前に証人が聞いたという「跣で歩いている足音。それは片足をひきずっているような感じの足音」は、実は被告ではなく第三者が証人宅の前を通った足音ということになる。その通過した第三者が、はたして本事件に関係があるかどうかは不明である。

とにかく本事件について被告の犯行を示す物的証拠は数多く存在する。が、それは家屋侵入・強盗・暴行の犯罪のみである。それは第一回より第四回までの警察署における被告の自供ならびに本公判廷での陳述と一致している。

被告が被害者山根スエ子を麻紐《あさひも》で緊縛し、麻紐と風呂敷《ふろしき》をもって絞殺《こうさつ》したという証明は何もないのである。取調べ警察官はそのために、村田友子証言を唯一《ゆいいつ》の証拠と見なし、これに被告の逃走行動を合致させるために前記のごとく第七回取調べにおける自白を強制的になさしめたものである。本弁護人は斯《か》く思料せざるを得ないのである。》

県警捜査一課長香春《かわら》銀作は、成瀬弁護人の「弁論要旨」の綴《つづ》りを閉じた。同時に眼も閉じた。視神経が疲れただけではない。思案をはじめたのである。

眼を開く。窓の外に光がうすくなっていた。むろん夕方ではない。空が曇ってきたのである。弱い秋の光線だから、雲に遮《さえぎ》られるとすぐうす暗くなる。窓枠には二度と大きな蠅《はえ》の姿は見えなかった。

思い出したように机に手を伸ばして煙草《たばこ》を取り、一本抜きとって火をつけた。思案は断《き》れてなかった。

電話が鳴った。部内用である。

「はい、はい」

「捜査一課長ですか。総務課の柴田《しばた》でございますが、予定どおり午後一時から課長会議が本部長室で開かれます」

「はい」

受話器を措《お》いて時計を見た。十二時半である。

その受話器をまた取りあげて、ボタンの一つを捺《お》した。

「越智《おち》君は居るか？」

「はい。居られます」

「ぼくの部屋にすぐ来るように」

五分も経《た》たないうちに越智警部補が額の広い、頬のとがった浅黒い顔を出した。第一班の主任である。ネクタイの結び目がずり下っていた。

「まあ、こっちへ」

香春課長は机を回って、前に出た。来客用と小さな会議用を兼ねた大きなテーブルと両側にイスが四つずつならんでいる。そのいちばん手前の端に香春は越智と対《むか》い合って坐《すわ》り、卓上の接待用煙草入れの函《はこ》の蓋《ふた》をとって、相手にすすめた。

「いま、成瀬弁護人の弁論要旨を読みかえしたところだ。芝田署管内の金貸し未亡人殺し。……君も読んでいるだろうが」

香春は越智にライターの火を与えてから云った。

「はあ。熟読いたしました」

越智は一瞬眼を煙たそうに細めた。青い煙が顔の前で散っていた。

「成瀬さんは、被告の警察署での第五回以降の供述内容が取調べ警察官の強制だと云っている。被告も公判廷では前の自供を飜《ひるがえ》してそう云っている」

「鈴木延次郎の取調べ責任者は芝田署の捜査課主任国広警部補です。成瀬さんは証人として国広警部補の出廷を裁判長に申請し、裁判長もそれを採用していますから、国広警部補は近日法廷に立って成瀬さんの反対訊問をうけるはずです。国広警部補は第五回以後の供述も任意の申立てであって被告や弁護人の云うような精神的な拷問とか誘導訊問の事実はない、諄々《じゅんじゅん》と説得したら、ああいう自供をした、と云っています」

「そうだったね」

香春課長はそのことではそれ以上云わなかった。取調べに行き過ぎがあったのではないか、無理があったのではないか、と聞くのはこの際ヤボな質問になる。

「君が当時の被疑者鈴木に補足訊問したのはいつ？」

県警と所轄《しょかつ》警察署とが合同捜査をして被疑者を逮捕し、これを取調べる段階となると、主として所轄署がこれに当ることが多い。

「第五回の取調べで被疑者が、落ちた、と聞いてからですから、第六回の取調べのときに参加しました」

「鈴木が奪った金をデパートの包紙に包んだ、そのとき糊《のり》がわりに台所にあったアルミ椀《わん》の猫にでもやるような飯から飯粒を取った、そのへんを君は訊問していたね」

「そうです」

「あのアルミ椀はとうとう被害者宅からは出てこなかった？」

「無かったですね。一応は探してみたんですが。鈴木の思い違いでしょう。あの家には猫は飼ってなかったんですから。近所で聞いたけどそう云っています」

「山根スエ子は近所の交際はあまりしてなかった。家に話しにくるとか遊びにくる近所の者もあまりなかったんだったな?」

「そうです。ですが、金を借りにくるとか、返しにくるとか、あるいは利子だけを払いにくるとか、そういう人間はときどき出入りしていました」

事件の性質上、初動捜査ではすぐに殺害の原因を金銭貸借関係のもつれ、男との愛情関係に見込みをつけたが、これらからは何も出てこなかった。三十八歳の未亡人の独り暮しには、色恋の沙汰《さた》はなかった。その金貸しの方法と同様に身もちは案外に固かったのである。

「けどね」

香春はやわらかい声で越智に云った。

「十万三千円の現金を包んだ紙がほどけないようにその端を飯粒で止める。これは実感があると思うね。十万三千円といえば、鈴木にとっては思わぬ大金が奪《と》れたのだからね」

「飯のあった容器だとか場所だとかを鈴木が錯覚していたんじゃないでしょうか。なにしろ、はじめての大それた犯行ですからね。以前に猫でも飼っている家に行って見たのがごっちゃになっているんじゃないでしょうか。被害者宅の台所にある水屋の中には丼鉢《どんぶりばち》に入れたご飯が入っていましたから。山根スエ子が食べ残したものを鉢に移しておいたものらしいんです。鈴木はそれから飯粒をとって包紙の端をとめたんじゃないでしょうかね？」

「その丼鉢の飯には、煮魚の残りや汁がかけてあったかね？」

「いや、それはありませんでした。真白いご飯でした」

香春銀作は膝《ひざ》を組み直し、頰杖《ほおづえ》をついた。思案の継続に戻っていた。

「鈴木が見た台所のアルミ椀が錯覚でなかったら、それは犯行のあった晩には実在していたのだ」

彼は呟《つぶや》くように話した。

「翌日の午前九時過ぎからの現場捜査のときにはそのアルミ椀も汁飯も無かった。とすると、そのアルミ椀はどうなったのだろう？　鈴木が犯行後逃走してから、警察署員が急報で被害者宅に駆けつける翌朝九時ごろまでの間に、その台所の土間から消えたことになるが」

越智は返事ができずに、課長の顔を見まもっていた。

午後一時から本部長室で開かれた課長会議は一時間くらいで終った。捜査一課長ひとりだけ残った。

「本部長。少しお話ししたいことがあります。去年の十月発生した芝田署管内の未亡人殺害事件のことですが」

手に雑誌を持っていた。

14

《……金井が四国のB市に来て三日経《た》った。バスで一時間くらいのところには県庁の所在地があるのだが、都会化しすぎて画題にならないのと、宿料がけっこう高くて、そこを敬遠した。といってまったくの田舎では宿がきたなくて落ちつかないし、滞在となると周囲の単調に飽いてきそうだった。

B市は城下町だった。一万石ぐらいの支藩のあったところで、町のまん中には城《じよう》趾《し》ともいえぬ小さな石垣とそれをめぐる濠《ほり》とがあった。濠端には柳がうわっているが、金井が来たのは十月のはじめだったから葉はほとんど散っていた。濠端には四角な白い建物がならんでいる。市役所の隣が警察署で、つづきに検察庁支部だとか裁判所支部だとかの看板が前に立っていた。石垣の中に入ると市立図書館と彰古館とがならんでいた。彰古館には石器とか土器とか勾玉《まがたま》とか、それに旧藩主の甲冑《かっちゅう》や太刀や書画などが陳列されていて、たいしたものはなかった。

この高台になっているところから南のほうを見ると、高くもない低くもない連山が正面に塀《へい》のようにつづいていた。連山の西に峰がちょっと頭をもたげて斜面の谷を急激に落している姿が見えるが、金井が泊っている旅館はその麓《ふもと》の手前にあった。

そのへんは十五年ぐらい前は村がつく名前だったが、合併されてからはC地区といっていた。合併の現実性が出てきたのはここ五、六年ぐらいからで、城下町の海岸地にコンビナートができたり市外に工場が来たりして騒々しくふくれるにつれて、この農村的なC地区にも市街地の端から赤い屋根や青い屋根の住宅が田や畑の領分に押し寄せてきていた。

金井はスケッチブックをかかえて二、三時間くらい村道や畔道《あぜみち》を歩いた。スケッチでもまとまったものはできず、どの画紙にもコンテの線が中途半端《はんぱ》に投げ出されていた。彼の動揺がつづいているのをわれながらそこに見るようだった。スケッチブックの中の四、五枚が破りとられて綴《と》じ目がゆるんでいるのもそのためであった。写生はできなかったが、歩き回っているうちにきまった場所というか、ほかを歩いてもそこだけはかならず通るという道ができた。どうかすると、なんでも蹴散《けち》らしたいような、うろうろとした気持なのに、気に入った場所は自然とできるものらしかった。》

雑誌「文芸界」の同人雑誌評に引用された文章をここまで読んだ県警本部長は、それをさし出した香春《かわら》捜査一課長の顔に眼をあげた。

「こりゃァ、この県の芝田市のことだね？」

「そうです」

香春銀作は顎《あご》を引いた。

「読んですぐわかったよ。市立図書館や彰古館のある小さな城趾の前に市役所、警察署、地検支部、地裁支部があったり、コンビナートなどの誘致で市が発展……発展かどうかわからんが、騒々しくなって隣接の田舎に住宅団地が建つようになったところなどの文章でね。この峰のもり上った山が目印になっているC地区というのは、戸倉のことだろう？」

「そうです」

「特徴はとらえているね。この小説を書いた作者は、戸倉あたりを知っているこっちの人かね？」

「ちがいます。佐賀県の唐津の人です」

「九州の人か。最近、芝田市の戸倉に来たことがある人？」

「この文章の作者は、そうらしいですね」

この小説の作者はと云《い》わずに、文章の作者は、と香春が云ったので、本部長はちょっと怪訝《けげん》な顔をした。小説とその文章とは同じことではないか、と思ったらしいが、言葉を呑《の》みこんで黙った。

「この主人公は画家となっているが、スケッチができなかったり、いらいらしているところをみると、何か悩みをもっているらしいね？」

本部長は、怪訝な思いを小説の設定のほうへ変えた。

「恋愛問題のようです」

「恋愛問題？　やっぱりね」

本部長は口辺に笑いを浮べた。小説は恋愛問題がほとんどだという口ぶりであった。

「それは終りのほうに暗示的にちょっとしか出ませんが」

香春は本部長の大きな机の前に、ひろげた両手をかけ、向い側から雑誌をのぞいている姿勢だった。

「ああ、わかった。金井という画家はどこかで恋愛問題の面倒を起すか失恋するかして四国にやってきて戸倉あたりを歩いているというしくみだね。それでスケッチもろくに描けないでいる?」

「そんなところです。これは完成した小説ではないので、詳しいことは分りませんが」

「しかし、このぶんは文章の引用だからね。原文を切りとって出しているんだから断片的になっているけど、『海峡文学』という同人雑誌に載っているモトの小説はちゃんと出来上ったものだろうからね」

「そう云っていいかどうか、ちょっと答えに困るんです。わたしは、『海峡文学』というのを『文芸界』の編集部にたのんで送ってもらってこの小説の全文を読もうと思います。しかし、そうしなくても、これだけでもそういう感想を持つんですが」

本部長は、その意味がよく解《わか》らんなという表情をした。

「いや、もう、その小説の全文を読む必要はないと思います」

香春捜査一課長は云った。

「この『文芸界』の同人雑誌評に引用されている文章だけでも、十分われわれの参考になります。本部長、どうか先を読んでください。短いですから」

《その辺は、まだ農家がだいぶ残っていた。広い畑を持った家が隣どうし離れている。間には紅葉した小さな雑木林もあった。裕福な村だったとみえて、昔からの古い瓦屋根《かわら》の百姓家が多かった。或《あ》る家の前はプラタナスが道路にならんで立ち、まわりに檜《ひのき》の生垣が囲んであった。その家の屋敷内には高いところに枝を張った古い樟《くすのき》が一本あった。金井の気に入った道は、その遠くからでも見える老いた樹齢の樟が目印のようになって、彼の足を自然と誘った。その家の前を通っても、ついぞ住んでいる人を見かけなかった。そういえば近所でも歩いている人の姿がなかった。彼の滞在が長くなく、その道を歩いたのも数日間だったが、いつもその辺はそんなふうに閑寂というよりも何か秘密を持っているようなたたずまいであった。それが彼の苛立《いらだ》たしい気持を鎮《しず》めた。

たった一つの例外は、その道で遇《あ》った中年の男と金井が顔見知りになったことであった。彼がその道を初めて歩いたときだった。その男は道路の四つ辻《つじ》に立って四方に首をしきりとまわして眼を遣《や》っていた。男は金井が歩いてくるのを認めると、

『犬をお見かけになりませんでしたか？　茶色っぽい、芝犬ですが』

と問いかけ、両の手を開けて犬の大きさを示した。小犬のようだった。

金井が見かけなかったというと、男は困惑した顔になり、礼も云わず、どこに行

ったのだろう、と呟《つぶや》いて一方の道を探しに急いで行った。男は歩きながらも家の裏や畑の向うや木立の奥をのぞきこむようにしていた。後頭《うしろあたま》がうすくなり、地肌がまるく鈍く光っていた。

金井が二度目にその男に遇ったのは、二日おいたあとだった。前の場所とは違っていたし、路上でもなかった。畑のずっと向うにその革ジャンパー姿が歩いていた。逃げた飼犬がまだ発見できない様子だった。この前、鼻のさきで見た男の四角い、頰ぼねの張った顔は遠すぎて分らなかった。

もう十月も半ばになったので、明日は宿をひきあげて東京に戻ろうと決心した日、金井はスケッチブックを抱え、気に入った道を最後に訪問した。そこでまた犬を探す例の男と出遇った。が、こんどは、男の眉《まゆ》のせまった下にある切れ長な眼は落ちつき、ゆったりとした様子で歩いてきていた。男は金井を見ると、その眼をすぼめるように細め、うすい唇を少し開いて愛想笑いを見せた。この前、犬の行方を訊《き》いた礼をいまはじめて顔で云っているようだった。

『犬は見つかりましたか？』

金井も軽く声をかけた。

『見つかりました。けど、また逃げました』

四十すぎの革ジャンパーの男は平気な顔で云った。

『え、また逃げたんですか?』

『つないでおいたのですが、ちょっとの油断で逃げ出しました。いま、見つけに行くところです』

『そりゃ、また』

たいへんですね、と云おうとすると、

『なに、逃げこんだ先は判《わか》っています』

と男は落ちつき払って答えた。

『犬もなんですな、気まぐれに走りこんだ家をいちどおぼえると、そっちのほうが、見飽きた飼い主よりも、もの珍しくていいらしいですな。ぼくの家を逃げてはそっちのほうへ行くんです。人間と変りません』

男は樟の高い枝が見えているほうの道へ歩いて行った。

金井は、男が別れるときに吐いた言葉が耳に残った。それが胸に滴《しずく》のようにぽとりぽとりと音立てて落ちていった。見飽きた飼い主よりも、気まぐれにいちど走りこんだ先に新鮮さをおぼえ、いったんそうなると、こっちが油断するたびにそこへ逃げて行く。亮子と村井と、おれとの間のことだな、と金井は思った。東京に帰るとまたその関係にひき戻されそうであった。村井があのジャンパーの男であった、なに、逃げこんだ先は判っている、といって悠々とやってくる。玄関のブザーが三度、きまって三度だ、二秒の間隔で四秒間鳴る。……》

本部長は文学雑誌から顔をあげた。向い側からいっしょにのぞいている捜査一課長と視線が絡《から》み合った。読書の眼は消えていた。

本部長は、傍から鉛筆をとると、もう一度、雑誌にうつむいた。両肩が針金を入れたように硬直していた。活字の行に沿って左指を滑らせ、そのとまったところに右指にかたく握った鉛筆で傍線をひいた。

《その辺は、まだ農家がだいぶ残っていた。広い畑を持った家が隣どうし離れている。間には紅葉した小さな雑木林もあった。裕福な村だったとみえて、昔からの古い瓦屋根の百姓家が多かった。或る家の前はプラタナスが道路にならんで立ち、まわりに檜の生垣が囲んであった。その家の屋敷内には高いところに枝を張った古い樟が一本あった。金井の気に入った道は、その遠くからでも見える老いた樹齢の樟が目印のようになって、彼の足を自然と誘った。……もう十月も半ばになったので、明日は宿をひきあげて東京に戻ろうと決心した日、金井はスケッチブックを抱え、……》

香春銀作は、本部長に「戸倉の未亡人殺人事件実況見分調書」をさし出した。

《現場付近の一般的状況は、近年芝田市の発展にともない、アパート、建売住宅、個人建築住宅などが市周辺に延びはしたものの、この付近は未《いま》だ完全には住宅地化されず、いわゆる新開地と旧農村部とが相半ばする地域である。……

被害者山根スエ子方は見取図第二、三及び写真第一、二、三、四号の通り道路との境界はプラタナスが道路辺りに並行して立生し、更に居宅西北方角より竹塀で区画されて居る、居宅南面は高さ約一メートル半の檜生垣および内側の檀《まゆみ》の木が垣に沿って防火垣を形成して立生し、屋敷内にはかなりな樹齢をもつ高さ約八メートルの樟が一本あり、近隣の場所から目立って見える。》

――本部長は、雑誌の傍線の箇所と、「実況見分調書」の傍点の箇所とを入念に見くらべた。

「間違いない。場所の特徴はそっくりだ」

本部長の肥えた顔には血の色が汐《しお》のようにさしていた。

「この作者は、事件の前に戸倉の山根スエ子方の前を何度も歩いているね。ここに『十月も半ば』とある。事件の発生は十月二十八日の夜だ。十月半ばといえば、十四、五日から二十日までの間だろう。歩いたのは、十日前から一週間ぐらい前のことだ」

「そうだと思います。雑誌を読んでこの引用の文章につきあたったとき、眼に灼《や》きついていた現場の模様と、頭にこびりついていたこの実況見分調書の文字とが二重写しになってきたんです」

香春銀作は机にかがんでいた背を伸ばして云った。

「念のためにきくが、小説の舞台として作者が空想した情景と実際の状況とが偶然に合致することがあるものかね？」

「似たような状況になることがあるでしょう。しかしこんなに細部まで具体的にそのままというのはないと思います」

「絶対に、作者はそこに行っているね。それも事件発生の前に」

「ところが、この作者は、当時その居住地の佐賀県唐津市にずっと居たのです。一泊旅行すら出ていません」

「なんだって？」

「さっき、唐津署に問い合せたんです。ちょうどこの作者の下坂一夫の近所に住んでいるという捜査課員がいて、電話に出てそういいました。もっとも、本人は一カ月ぐらい前に福岡市に出て、新婚の妻とアパートに入ったそうですが。父親が唐津市内で大きな陶器店を営んでいて、近く福岡市内にその支店を開く予定だそうです」

「一カ月前に福岡市内に移ったことを聞いたって仕方がない。去年の十月じゅう、その下坂という男は、ほんとに唐津から動かなかったんだね？」

「それは間違いないようです」

「じゃ、彼が書いたこの文章は偶然の暗合かね、こんな細部までも？」

「偶然の一致じゃありません。実際にあの場所を見て書いております」

「どういうことなんだ、そりゃ？」

本部長は険しい眼をした。

「この文章を書いたのは下坂一夫という人とは違うんじゃないかという気がしますね。というのは同人雑誌評の評者もここだけは文章がいいから引用した、あとの前後の文章はダメだと云っているでしょう？　だからこれは下坂一夫でない、別な人が書いたのだと思います」

「そうすると、下坂一夫はここだけ他人の文章を使ったことになるが、それは盗用とか無断借用ということかね？」

「無断借用かどうかそのへんのところがよく分りません。そこを調べて、この文章を実際に書いた人をぜひ突きとめなければなりません。……本部長」

香春銀作は、坐《すわ》っている本部長のほうへ再び頭を近寄せた。

「この文章には未亡人殺しの重大な鍵《かぎ》が出ています。被告鈴木延次郎の自供のなかにどうしても腑《ふ》に落ちなかった箇所があるのですが、それをこの文章が説明しています。……本部長。被告の鈴木は真犯人ではないようです。本ボシはほかに居るとぼくは思います」

15

芝田市戸倉の未亡人殺しの犯人は、いま地方裁判所の法廷で審理をうけている被告鈴木延次郎ではない、真犯人は別にいると推定する香春《かわら》銀作の県警本部長への意見具申は、その根拠として、鈴木被告の自供中、腑に落ちなかった箇所をこの小説が説明しているというにあった。

「いいですか、これを読んでください」

香春課長は、芝田署での第二回供述書を開いた。そのとき鈴木はまだ被疑者の立場であった。鈴木供述の「三」とある箇所を香春は指で示して本部長に読ませた。

《三、それで、何か糊《のり》か飯粒でもないかと思いましたが糊の容器は見つからず、台所に行くと、台所の土間の隅に飯が少し入っているアルミの椀《わん》を見つけました。それには煮魚の食べ残りと汁とがかけてありました。私は、この家には猫でもいるのかなァと思いましたが、さっきから猫の姿も啼《な》き声も聞えませんでした。私はそのアルミ椀の中から汁のかかってないご飯粒を取って紙幣を包んだデパートの包装紙の端に塗りつけ糊がわりに封をしました。その間、およそ十分間ぐらいだったと思いますが〟》

本部長は眼をあげた。

「猫ではなく、犬だったのか。小説に書かれている、うす茶色の小さな芝犬か。

……」

本部長は呑《の》みこみが速かった。

「そうです。猫ではなく芝犬です」

香春課長は云《い》った。

「被害者宅の隣近所では、被害者山根スエ子は猫も犬も飼ってなかったと云っているね。そうすると、この椀の飯は、その迷いこんできていた芝犬にやるためだったのか?」

本部長は、文芸雑誌の活字のほうに眼を移した。

「そうです。小説のなかで『金井』という『画家』が戸倉とそっくりな風景の道で出遇《であ》った中年男の飼犬だったのです。それが飼い主の隙《すき》に逃げ出し、走りこんだ先が山根スエ子の家だったのです。山根スエ子は、それがどこの家の犬やら分らないままに、犬が可愛《かわい》いので飯をやっていたのでしょう」

香春は横にまわってきて、本部長の机の上に開かれた雑誌をいっしょにのぞいて云った。

「ここには『十月半ば』とあります。これが事実だとすると、山根スエ子が殺された十月二十八日の十日間くらい前ということになります。『金井』がその男にはじめて遇ったとき、男は道の四つ辻《つじ》に立ってしきりと眼を四方にむけていたが、『金井』にむかって『犬をお見かけになりませんでしたか？　茶色っぽい、芝犬ですが』といって、手つきで小さな犬だというのを示しています。その三日後に、『金井』がその男に遇ったのは前の場所とは違っていて、畑の向うだったが、男は逃げた飼犬をさがすように歩いていた。三度目に遇ったのはそれから何日してからか書いてありませんが、おそらく二日か三日後でしょう。『金井』は男に訊《き》きます。……」

そこを香春課長は声を出して読んだ。昔の文学青年である。

《『犬は見つかりましたか？』

金井も軽く声をかけた。

『見つかりました。けど、また逃げました』

四十すぎの革ジャンパーの男は平気な顔で云った。

『え、また逃げたんですか？』

『つないでおいたのですが、ちょっとの油断で逃げ出しました。いま、見つけに行くところです』

『そりゃ、また』

たいへんですね、と云おうとすると、

『なに、逃げこんだ先は判《わか》っています』

と男は落ちつき払って答えた。

『犬もなんですな、気まぐれに走りこんだ家をいちどおぼえると、そっちのほうが、見飽きた飼い主よりも、もの珍しくていいらしいですな。ぼくの家を逃げてはそっちのほうへ行くんです。人間と変りません』

男は樟《くすのき》の高い枝が見えているほうの道へ歩いて行った。》

「犬の逃げこんだ先が」

朗読を終った香春銀作は、本部長へ話す言葉につないだ。

「……山根スエ子の家に間違いはありません。この会話のあとに付けた文章に『男は樟の高い枝が見えているほうの道へ歩いて行った』とありますからね。この樟の家は、実況見分調書の被害者方の『屋敷内にはかなりな樹齢をもつ高さ約八メートルの樟が一本あり、近隣の場所から目立って見える』とあるのに一致します」

本部長は二重にくくれた顎《あご》をうなずかせた。

逃げた飼犬は、その高い樟のある家に入って何日間かいた。飼い主の男はそれを見つけて、先方へ犬を取り戻しに行った。犬はいったんは飼い主のもとにいたが、隙を見てまた逃げた。が、こんどは逃げこんだ先が飼い主に判っていた。だから、あわてなかった。犬は、一時走りこんだ山根スエ子に飯など与えられてなついてしまっていたのだ。

小説の文章は、それを主人公の人間関係に結んでいる。

《見飽きた飼い主よりも、気まぐれにいちど走りこんだ先に新鮮さをおぼえ、いったんそうなると、こっちが油断するたびにそこへ逃げて行く。亮子と村井と、おれとの間のことだな、と金井は思った。》

「そうするとだな」

本部長は、接待用のケースから煙草《たばこ》を一本取ってライターを近寄せた。

「……その犬のことが縁となって、飼い主のジャンパーの男と被害者の山根スエ子とが親しくなったというのかね?」

「親しくなったというのが、愛情関係を意味するのだったら、そうではないでしょう。日数が少なすぎます。ジャンパーの男が犬をさがしていたのが事件の起る十日前かそこいらですからね」

捜査一課長は云った。

「しかし、君は小説の設定どおりを云っているけど……」

「この小説の設定どおりと思います、事実も」

「…………」

「この中年男は山根スエ子方に飼犬をとり戻しに行く。戻った犬はまた山根方へ逃げる。男はまたとり返しに行く。そういうことが二、三回くりかえされたと思います。そうしているうちに、男は山根スエ子方の家の中を裏口から見てしまう。犬をとり返しに行くたびに山根スエ子とも短い挨拶《あいさつ》をかわす。ご迷惑をかけてすみません、と男は云う。可愛らしい犬ですね、と未亡人は云う。二日ばかり経《た》って、また犬が逃げる。犬はこちらに来ていませんか、と男は裏口から入ってくる。ええ、来ていますよ、と未亡人は笑って芝犬を返す。台所の隅にはアルミ椀の飯なんかがあるわけです。すっかりこちらさんになついてしまって、と男は恐縮して犬をうけとって帰る。そういう往復があったと思います。たった一人で大きな家の中に住んでいる金貸しの未亡人、その家の内部が裏口を通じて男に判ったとき、どんな犯意が生じたかおよそ想像がつきます」

香春課長はイスに腰をおろして云った。

「窃盗の目的で、十月二十八日の晩に山根スエ子方に行ったのだね？」

「そうです。行ってみると、裏口横の濡《ぬ》れ縁の雨戸が開いていた。男はそこから入った。入ってみると……」

「ちょっと、待って。それは何時ごろだ？」

「たぶん、午前零時四十分ごろでしょう」

「先客が来て逃げたあとだね？」

「そうです。鈴木の第一回の供述では、午後十一時三十分ごろ山根方の裏口側の雨戸をこじ開けて侵入し、犯行を済ませて外に出て外灯の光で腕時計を見たとき、午前零時二十一分か二分だったと云っています。その鈴木は逃走するとき、あとから来る男とスレ違ってもいません。だから、男はだいたい鈴木が逃げてから二十分後、すなわち零時四十分ごろに山根方に来たと推測するのです」

「そのとき、家の中は荒され、山根スエ子は鈴木に首を絞められて蒲団《ふとん》の中に横たわっていた」

「絞められてはいたが死んではいませんでした。鈴木に衿首《えりくび》をとられ、柔道で云う十字絞で、意識を失っていただけでした。これからは、わたしの想像になりますがね、あとから来た男もこの場の思わぬ様子にびっくりしたと思います。金を盗むどころではなく、すぐに立ち去ろうとした。そのとき、蒲団の中の山根スエ子が意識を回復したのです。眼を開けたとき、座敷には男が立っている。意識が戻った直後と、動顚《どうてん》とで、彼女はその男を自分の首を絞めた強盗だと思ったのです。無理もありません、正気づいて眼を開けたばかりですから、寝ぼけ眼《まなこ》と同じ状態です。それに暴行を受けたという錯乱もありましたから」

「うむ。……」

本部長は、またうなずいて、

「それで、山根スエ子は大声を出したのかね?」

と、捜査一課長に話の先を促した。

「大声を出しただけではなく、起き上って男に武者ぶりついたかも分りません。気丈な女です。前の鈴木も顔を引掻《ひっか》かれて血を出していますからね。大声も出したでしょうし、罵《のの》りもしたでしょう。お前は、あの犬の飼い主だな、と叫んで」

「しかし、前の犯人は鈴木延次郎だ。顔が違う」

「いったんは意識を失った被害者です。まさか別の人間と入れ替ったとは思いません。もう錯乱状態です。それに鈴木は大きなマスクを口に当てていたといいますからね。その区別がつかない。いま目前にある顔は、逃げてきた芝犬の飼い主です。男はおろくとともに恐れた。顔を知られているから警察へ訴えられると、前に侵入した犯人の犯行までみんな背負いこむ羽目になる。それで、女を押し倒して麻紐《あさひも》で絞めた。それでも不安なので、そこにあった青色のナイロンの風呂敷《ふろしき》でまた絞めて殺した、と思うのです。……本部長。窃盗でも強盗でも侵入してきた人間が被害者を殺すのは、ほとんどが面識のあるためです」

「うむ、うむ」

「ところが鈴木延次郎と山根スエ子とは何の面識もありません。鈴木は山根スエ子を脅して十万三千円の現金を奪《と》っています。そのうえ柔道の技で落して暴行も加えています。しかし、どこの誰とも被害者には知られていません。顔の半分がかくれるくらいの大きなマスクを当てていたとも云っています。鈴木には、山根スエ子を殺害する必要は何もなかったのです」

「それは、いちおう納得できる。しかし、山根スエ子の死体は手足を麻紐で縛られていたが」

「それも、あとから来た男がやったことでしょう。その犯人は山根スエ子に口ぎたなく罵られたから、殺害したあとでも腹が立ってきたのでしょうね。憎しみが湧《わ》いたと思うんです。それと、もう一つ、自分は麻紐で絞殺《こうさつ》した。これは前の犯行にはなかった。いわば犯行の変更です。そうなると犯行の変更を徹底的にやらねばならぬ。そうすることによって捜査を混乱させることができる。そう思ったんじゃないでしょうか？」

本部長のくわえていた煙草は途中で火が消えた。が、ライターは鳴らさなかった。

「鈴木延次郎は山根スエ子方に手袋をつけて侵入してきました。あとからきた男も、そうだったのですから、二人ぶんはもとより一人の指紋も現場には残っていません。足あとは畳にも板の間にもみえないし、家のまわりの地面についていたはずの二人ぶんの靴あとは、午前三時半ごろになってまた激しくなった雨のために洗い流されています。この強雨は二時間もつづきましたから」

香春課長は状況を説明した。

「あとから来た男は、山根スエ子には性的な行為はしてなかったのか、女は蒲団の中で意識を失って横たわっていたのだが」

「それはなかったのです。男は意識を戻した山根スエ子に急に叫ばれたり激しく飛びつかれたりしたので、そういう気も起らず、余裕もなかったのでしょう。だから、被害者の体内から出た男の血液型が鈴木のA型だけと解剖で断定されたのです」

「そうすると、被害者宅から東に百メートルはなれた農家の村田貞三郎の妻友子が午前一時前に表の道を通る跣《はだし》で歩くような足音を聞いたというのは、鈴木延次郎ではなく、あとからきた男が逃走する足音だったのか?」

本部長は気の重い表情で問うた。

「そうとしか思えません」

捜査一課長はうなだれて云った。

成瀬弁護人の長い弁論要旨の一節が頭に浮んでいた。複写された黒いタイプ活字であった。

《……午前一時前に証人が聞いたという『跣で歩いている足音。それは片足をひきずっているような感じの足音』は、実は被告ではなく第三者が証人宅の前を通った足音ということになる。その通過した第三者が、はたして本事件に関係があるかど

うかは不明である。》

本部長も同じようにその弁論要旨を思い出しているのかもしれなかった。

「もう一つ、あとから山根スエ子方に侵入してきたのが、犬の飼い主だったという決め手になりそうな有力な状況証拠があります」

「うむ？　なんだね、それは？」

本部長は憂鬱《ゆううつ》そうにきいた。

「それは鈴木の自供のなかにある台所のアルミ椀《わん》のことです」

部下も、重い声で答えた。

「……鈴木は、たしかに台所の隅に飯の入っているアルミ椀を見たと云《い》い、その飯粒をとって強奪した現金十万三千円の札を包んだデパートの包装紙の端を糊《のり》づけにして貼《は》ったと自供しています。だから記憶ははっきりしています。げんに、越智《おち》警部補がその点を質《ただ》しています。というのは、現場の実況見分調書にはその飯の入ったアルミ椀のことが記載されてないからです。実際、現場を捜査した捜査員にきいても、そんなものは家の中に無かったと云っているのです。いまから思うと、鈴木の自供に間違いはなかったのです。鈴木はそのアルミ椀が台所の土間にあるのを見たし、それから飯粒も取っていたのでした。それが翌日の現場捜査のときに無くなっているのは、鈴木のあとで侵入した男がアルミ椀を持ち去ったからに違いありません。その男は日ごろから犬も猫も飼っていない被害者宅の台所に、そんなものがあっては、自分の飼犬との関係が知られると思って、それを持って逃げたのです」

ドアが半分開いて、書類を持っただれかがのぞいたが、この場の様子を見て、すぐに閉めた。

16

A県警本部捜査一課の越智達雄警部補と芝田警察署捜査課員門野順三巡査部長とが、福岡市に出張して三日経《た》つ。

二人の出張は香春《かわら》県警本部捜査一課長が本部長に雑誌「文芸界」を見せて話し合った末に決定した。

県警の香春捜査一課長は福岡に出張する前の二人にも、もちろん「文芸界」の同人雑誌評に引用されている下坂一夫の小説「野草」を読ませた。その上で、県警本部長に話した通りのことを語った。

「ぼくは捜査記録を読み直し、雑誌に引用されている小説の場面が事件の真相を語っているように思えた。いま、地裁で審理を受けている被告の鈴木延次郎は真犯人ではないような気がするよ。公判廷で警察署での自供を飜《ひるがえ》して無罪を申し立てているのが本当かもしれんよ。こうなると成瀬弁護人の指摘している点がどうもこたえてくるね」

それは鈴木が警察で自供した、犯行後に小休止した林の場所の点と、靴を手に提げて跣《はだし》で歩いたという点とである。弁論要旨にあるその箇所を香春は二人に再読させた。

《第五回からの自供で、突然、靴も沓下《くつした》も脱いで跣になったのは、右の村田友子の証言が、家の中で『雨で濡《ぬ》れた道をピタピタと跣で歩いている足音』を聞いたとあるからである。だから警察での被告の自供も、水溜《みずたま》りの道路の上を『跣で歩いたのでピタピタと音がしました』となっているのである。ピタピタという擬音語まで村田友子の言葉に合わさせているではないか。

雨で濡れた道をだれが好きこのんでわざわざ靴を脱ぎ、沓下まで脱《と》って歩くだろうか。沓下をはいていたほうが、まだ足音が消えて道路ばたの家には聞えないはずである。深夜の道を脱いだ靴をさげて歩いている姿を、もし通行人に見られたら、それこそ怪しまれるにちがいない。そのような怪しまれる恰好《かっこう》をわざわざ犯人がする理由がない。これこそ証言と辻褄《つじつま》を合わせるための警察官の作為である。》

《一方、被告の警察での第二回供述に従ってみると、前記のように証人村田宅より県道沿いに東へ約八百メートル行ったところに百本近い雑木より成る「林」がある。これは県道のすぐ横である。

およそ犯人の心理として、犯行後はなるべく被害者宅より離れたところに居たいものである。異常な犯行による疲労と精神的緊張とを緩めるために憩《やす》むにしてもその心理に従うのが自然である。しかるに第七回の供述では被害者宅の斜め前の畑の向うにある木立で休んだという。そこは夜ではあるが、犯行をしたばかりの被害者宅が昼間だと望見できるところにある。そんな場所に、犯人ならば県道から不便な大回りをして畔道《あぜみち》を通ってまで行って三十分間も休憩するであろうか。その木立も樹《き》が少ないのである。

それよりも、証人宅より県道に沿って東へ約八百メートル行った雑木林で憩むのが自然の行動である。道路のすぐ横であり、樹木も多い。「五分間くらい休みました」という休憩時間も無理が感じられない。

これを要するに、被告が山根スエ子方の犯行を済ませて証人宅前の県道を東へ通りかかった時刻を村田証言の「午前一時前」に合わせるため、取調べの警察官が当時被疑者であった被告に強制した結果が第七回の供述である。すべてはこの「時間

合せ」のためである。》

越智警部補と門野巡査部長は、もちろんこの弁論要旨を一再ならず読んでいた。しかし、いまは二人とも目がさめたようになって熟読し、そのあとで眼を伏せた。

「村田友子の証言はおそらく間違っていないだろう。それを重視したのは正しかった。だがそれに基礎を置きすぎて、被疑者の取調べに力が入りすぎたようだね」

被疑者を主に取調べたのは芝田署の門野巡査部長である。これに合同捜査の建前から県警捜査一課主任越智警部補が加わっている。香春課長がいま、取調べに力が入りすぎたようだね、と云《い》ったのは、誘導と強制——弁護人の主張する「精神的拷問《ごうもん》」の存在を推定してのことであった。

当時の二人の取調官は、うつむき、しばらく声を出さなかったが、門野が、

「取調べに多少行きすぎがあったことを反省します」

と、頭を低《さ》げた。

「ご迷惑をおかけしました。課長の言われるとおりだと考えます。申し訳ありません」

越智も謝った。

「問題は犬だ。いまも云ったように、鈴木延次郎のあとから山根スエ子方に入り同人

を絞殺《こうさつ》した犯人は犬の飼い主で、逃げた犬が山根方に入りこんだのが縁で顔見知りとなり、山根方の家内事情が判《わか》って、強盗の犯意が生じたのだ。被害者と犯人をつなぐのが犬とは気がつかなかった。越智君は、鈴木延次郎が供述する台所土間にあるアルミの飯椀《めしわん》のことを一応追及しているのにね」

香春は云った。

「現場を見分したとき、そのアルミ椀がなかったので、鈴木の記憶違いではないかと訊《き》いたのです。鈴木はたしかにそれがあって、椀に入れてあった飯粒をつまんで奪った十万三千円を包んだ紙の封をしたと云っていました。けど、鈴木本人も、警察でそのアルミ椀が家の中にないことを云い聞かせると、それなら無かったのかもしれません、ときょとんとしていましたから、こっちもあまり気にとめないで、一度だけその点を再訊問《じんもん》しただけで終ってしまいました。あの家には猫も犬も居ませんでしたから。いまから思うと迂闊《うかつ》でした」

越智は背中をまるめた。

「いや。それは無理もないところがある。迷いこんだ犬のことまでは思いつかないからな。この小説の文章を読むまではね」

曾《かつ》ての文学青年、香春銀作は文芸雑誌を指で叩《たた》いた。

福岡市に出張した二人からは電話で香春にたびたび連絡があった。

「あの小説の作者下坂一夫という人に会い、事情を聞きました」

連絡電話の声はずっと越智警部補であった。

「あの事件の当日とその前後、下坂一夫にアリバイがあることは前に唐津署への電話照会の通り、やはり確実です。こっちに来ても身辺捜査しましたが、下坂は当時、佐賀県唐津市の父親のところにいて家業の陶器店を手伝い、どこにも旅行に出た事実はありません。一晩も家を明けていないのです。事件の発生した去年の十月二十八日夜は、その父親の家で、同人雑誌『海峡文学』の同人二人が来て、次号の編集会議をやっています。一人は福岡市在住の内野藤夫で、彼は博多織の工場につとめる工員です。一人は佐賀県坊城町に居住する古賀吾市で、彼は漁船員です。この二人に当りましたが、証言は一致しています。むろん父親と実兄もそうですが」

「そうか。……」

香春課長は思案するときの癖で、机を二本の指で電信を打つように敲《たた》いた。机の上はガラス板を置いているので冷たい音がする。

「しかしな」

香春は越智の声に云った。

「あの小説の作者は、こっちの被害者宅付近の現場に行って、そのへんを見て書いているよ。君らにも話したように、小説に出てくる風景描写が実地にそのままだ。まるで実況見分調書を小説の文章にしたようなものだ。仮りに人から話を聞いたとしても、このとおりには書けない。作者自身がそこに行ってないと書けない臨場感があるよ」

「それを、わたしも門野君も下坂という人にしつこいくらい質問したのです。ところが、いくら聞いても、下坂一夫は、あの小説はまったくの空想で、場面も偶然の暗合だというのです。課長、小説の筋のほうはまったく関係ありませんが、あの風景のところが実景と偶然に暗合するということがあり得るでしょうか？」

越智警部補は、課長が小説好きということを知っていたので、そんなことをきいた。

「そりゃ、空想が実際の風景と偶然に似ることは多いだろうがね。しかし、戸倉付近の様子だけでなく、被害者宅にある樟《くすのき》といい、檜《ひのき》の生垣といい、そこまで偶然に空想と合致することはあり得ない。それに、文章にあるB市という城下町はあきらかに芝田市だよ。城趾《じようし》の市立図書館、彰古館、その前にならんでいる市役所、警察署、地検支部、地裁支部、そして連山の西に峰がちょっと頭をもたげて斜面が谷のように急激に落ちているというのは戸倉のうしろにある妙見岳《みようけんだけ》のことだよ。こうまで空想が一致するとはとうてい考えられない」

香春は、急いで雑誌を机の抽出《ひきだ》しから出してひろげ、その箇所に眼を落しながら云った。

「そうです。わたしらもそう思ったので下坂一夫に執拗《しつよう》に訊いたんですが、彼はあくまでも作者のイマジネーションに浮んだ風景だというのです」

「イマジネーションだって？　あの芝犬をさがす飼い主のこともか？」

それが、いま裁判になっている事件を確実に覆《くつがえ》すことになる重要な鍵《かぎ》であった。

「そうです。それもです」

越智は困惑した声で云った。

「そういう質問に答える下坂一夫の態度はどうだ？」

香春課長は、進捗《しんちょく》しない隣の取調室の様子を知ったときのように少々苛立《いらだ》ってきいた。

「それがまったく動揺が見られないのです。われわれは彼の眼の動き、顔色、動作などを仔細《しさい》に観察したのですが、まったく落ちつきはらったものです。あの小説に書かれたことは全部自分の空想から生れたもので、完全なフィクションだという言葉をくりかえすだけです。われわれも彼に完璧《かんぺき》なアリバイがあるだけに、それ以上突込みようがありません。参考人扱いにすることすらできません。このごろは人権問題がうるさいですから、こっちの質問も警察の訊問調にならないように気をつかいます。それにアパートの部屋には、間もなく子供が生れるという奥さんも居ましたから」

受話器の越智の声が耳から脳に流れ、そこに出張している捜査員二人の弱り切った姿を浮び上らせていた。

「そっちでの下坂一夫の評判はどういうぐあいかね?」

香春は越智の気を変えさせるようにたずねた。それは自分の気を変えることでもあった。

「こっちの文学好きの人たちの間ではたいへんな評判です。中央の著名な批評家に激賞され、有名な文芸雑誌に小説の一部が掲載されたということからです。わたしなど文学というものには縁もゆかりもない、ズブの素人《しろうと》にはまったくふしぎでなりませんが、訪ねて行った三日前には下坂一夫を祝うバス旅行会が催されたそうです。ここから東にあたる海岸を通って、途中でバス二台の参加者が二合瓶《びん》の酒で乾杯したり、仕出し弁当を食べたりしたそうですがね。これは、さっきお話した同人雑誌仲間の古賀吾市もわがことのようにうれしそうに電話で云っていました。下坂一夫は、こっちの文学仲間では、もうちょっとした著名人です」

香春は、なお、そちらにもう少し居て下坂一夫についてそれとなしに身辺捜査をつづけるように、こっちからも連絡する、と越智に云って福岡との通話を切った。

その電話とは関係なしに、こっちの捜査は急速に進んだ。

芝田市戸倉の被害者山根スエ子宅を中心に「芝犬を飼っている男」が捜された。小説の文章からすると、飼い主は山根方からそう遠くには住んでいない。小さな芝犬が逃げて山根方に走りこむくらいの距離だからである。

それは一日の捜査で判った。やはり戸倉に住んでいた。被害者の家から西北に一キロ足らずの家にいた末田三郎という二十八歳の独身者であった。彼は芝田市にある建設会社の事務員であった。会社の話では去年の十月はじめから身体《からだ》が悪いと云って休むことが多く、事件当日の二十八日は出勤しているが、二十九日、三十日は欠勤していた。彼はたしかに薄茶色の毛をした芝犬を飼っていたと近所の人は証言した。

「そういえば、たしかそのころに、飼っている芝犬が逃げて見えなくなったといってこの近所をさがしていたことがあります。けれど、また戻ってきたらしく、朝などその犬を散歩させていました。牝犬《めすいぬ》でしてね、ピコといってとても可愛《かわい》がっていました。しかし、末田さんはどちらかというと陰気な人でしてね。独身者のせいもあって、近所づきあいもせず、顔を合わせても頭をちょっと下げるくらいで、モノもあんまり云いませんでしたね」

隣の人は捜査員に話した。

その末田三郎の写真を勤め先の建設会社の保存資料から借りたのを見ると、髪を長く伸ばした痩《や》せ形の青年である。顔が長く、顎《あご》が尖《とが》り、うすい眉《まゆ》に眼が大きく、口のひろい人相であった。

これは雑誌に載った下坂一夫の小説に出ている犬の飼い主の描写とはまったく違う。小説では、

「四十すぎの男。眉の下にある切れ長な眼。うすい唇。四角い、頬ぼねの張った顔。後頭《うしろあたま》がうすくなり、地肌が鈍く光って、ジャンパーをきていた」

と書かれている。

しかし、香春銀作は疑問を起さなかった。これこそ作者のフィクションである。「飼犬をさがす男」を描くなら、長髪の若い痩せた男よりも、後頭部のうすくなった、四角い顔で、小肥《こぶと》りの身体にジャンパーを着た、四十すぎの中年男にしたほうが、逃げた飼犬をさがすイメージに似つかわしい。これは作者が効果を狙《ねら》った計算であろう。

「山根スエ子さんは家に引込んでいて、わたしらもあんまり話をしませんから、迷い

こんできた犬を一時飼っていたということはまったく知りません。それに隣近所といっても、間にひろい畑がいくつもあるし、檜垣《ひがき》や塀《へい》に囲まれたあの屋敷のことは、外からは分りません。そういう若い人が犬をさがしに山根さんの家に行っていたということも気がつきません」

山根スエ子の家の「近所」では刑事の再捜査にそう答えた。

末田三郎はどこかへ移転していた。今年の三月はじめである。山根スエ子の殺害事件があって約四カ月後である。

「二月の終りごろに、末田は急に会社をやめたいと申し出ましてね。身体の調子がよくないから山の中に引込むと云っていました。だいたいが怠け者で、よく休んでいましたから、こっちも幸いと思って承知し、一カ月分の退職金をやりました。日ごろから金はなかったようですな」

建設会社の話である。

末田三郎の行方はまもなく分った。荷物を送った運送会社が手がかりで、瀬戸内海の向う側、尾道《おのみち》市内であった。

しかし、末田三郎はこの七月半ばに死亡していた。交通事故だった。造船所の雑役工をしていたが、雨の日、道を歩いているときにスリップした車に突込まれ、救急車の中で息絶えた。その死体検案書も香春の手もとにまわってきた。

尾道警察署から送附されてきた末田三郎の死体検案書では、末田の血液型がO型であった。

O型ならば、山根スエ子の体内にあった精液《ザーメン》の血液型とは違う。そっちのほうはA型であった。A型は、いま被告として法廷に立っている鈴木延次郎のがそうである。

これで鈴木の警察での当初の自供、したがって法廷での陳述が正しいことがわかった。鈴木は山根スエ子を柔道の手で絞めて意識不明にさせ暴行を加えたことは云っているが、絞殺は認めていない。ということは、鈴木のその犯行後に末田三郎が侵入してきて意識を回復した山根スエ子に騒がれ同人を絞殺しただけで逃げたという、香春銀作捜査一課長の推定の正しさでもある。

その上、死体検案書には、末田のその犯行を証明する所見がもう一つあった。彼の右膝関節《しつかんせつ》下に古い骨折治療の痕《あと》があり、それがかなり大きく、軽い歩行障害になっていることが分った。

これも山根方から離れた隣家の主婦村田友子の証言と一致する。

《その足音というのは雨で濡《ぬ》れた道をピタピタと跣《はだし》で歩いている足音でありました。なお、その足音は片足をひきずるようなぐあいに聞えました。》

これについて鈴木延次郎は警察での第五回以後の供述で、山根スエ子方を逃走する際、同家の裏口濡縁を飛び降りて捻挫《ねんざ》し、びっこをひいたと云《い》っている。

これも成瀬弁護人が弁論要旨で、

《証言が「片足をひきずるような足音」とあるので、警察では当時被疑者だった被告に逃走の際右足首を軽く捻挫したと云わせている。その捻挫がつくりごとなのは、翌日になって足首を挫《くじ》いたのが癒《なお》ったと被告に云わせていることでもわかる。もしレントゲンにかけた場合、捻挫の事実がないことを警察が考慮したが故《ゆえ》である。》

と云っているが、この指摘にも降参のほかはない。香春は問うてはいないが、取調べの越智警部補か芝田署の門野巡査部長かがそのような行き過ぎの訊問をした可能性が十分に考えられるからである。

香春課長は、この死体検案書を持って本部長室に行った。

「星加《ほしか》裁判長と山口検事とにはこれからすぐに会いに行く」

本部長は末田三郎の死体検案書を読み、香春の話を聞いた上で云った。

「いまの鈴木被告の公判は一時中止ということになろうが、真犯人と思われる末田三郎という男が交通事故で死んでしまったとは残念だった。被害者を絞殺したという点に関するかぎり鈴木の無罪は末田の死ですんなりとゆかなくなるかもしれない。末田が生きていて自供してくれるなら簡単にゆくだろうがね。なにぶん、鈴木は山根スエ子殺害を警察で一旦《いったん》自白しているからね」

本部長は眉間《みけん》を暗くして云った。

香春には本部長の翳《かげ》った表情の意味がわかった。あとで飜《ひるがえ》すにしても、ひとたび自白した事実が、裁判で被告の無罪を獲得するのに、どれだけ大きな困難になるか分らない。被疑者は、ときどき警察で簡単な気持で虚偽の自白をするが——もちろんそれは取調べ側に絶対的な責任がある——その自白が、先で思いもよらない桎梏《かせ》になって自分を苦しめることまでは予想しない。

戦後の刑事訴訟法では、物的証拠なしに自白のみをもって有罪とすることはできないと規定しているが、実際は自白もまた物的証拠の一つとして見られがちである。それはその自白にもとづいて警察や検察側が「物的証拠」らしいものや「状況証拠」を何重にもつけ加えてゆくからである。それらの「証拠」が「創作」であるかどうかは、裁判の段階でも裁判長によって識別されることがますます容易でなくなる。それほど一言の虚偽の自白に、検察・警察側の複雑な皮膜が厚くかぶさっているのである。被告の再審の申立てに対して却下される事例を見ると、その大部分が被告に一旦の「自白」のあるものだ。戦後裁判の人権尊重主義はまだ虚構である。——

こんどのことも、鈴木延次郎は一度は絞殺《こうさつ》を自白している。しかも殺害の真犯人と思われる者は死亡している。当人の口からはもう真相を聞けなくなっている。本部長の憂鬱《ゆううつ》な表情はそこにあった。

一時間ほどして本部長は地裁と地検から戻ってきた。両方とも県警本部のある県庁とは目と鼻の先であった。香春は本部長室に呼ばれた。

「星加裁判長は、とりあえず次回公判を当分延期すると云っている。だが、そう長くは延期できない。限度がある。その限度内に再捜査の結果に目鼻をつけてくれと云っている。検察官ともよく打ち合せてくれとな」

本部長の気重そうな表情は変らなかった。

「検事さんはどう云っておられましたか?」

「山口検事はこっちの話を聞いて、困ったことだ、と云っていた。山口さんはおだやかな人柄だからね。ほんとに困ったという顔をしていた。星加さんの云うとおり次回公判の当分延期はやむを得ないが、その限度内に再捜査をできるだけ早く済ませてくれとの要望だった」

担当検事がおだやかな人柄でも、それは個人的な性格にとどまる。組織体の性格はまったく別のものだ。検察庁には、「検察一体の原則」という不文律がある。担当検事の判断だけで処理するのは不可能だ。すでに起訴の段階から事件の検察方針は地検の主任検事、次席、検事正と上へ上へと伸びた共同意志で成立している。その垂直形の線は、二審・三審にそなえて「公判維持のために」検事長、検事総長にいたるまで伸びている、といってもよい。

17

東京の「文芸界」編集部から、そこに保存されていた同人雑誌「海峡文学」も香春《かわら》のもとにとうに送られてきていた。送附方を依頼しておいたものだが、編集部では不用品だから贈呈しますと添え書きがついていた。どうせ屑屋《くずや》に出すのを「贈呈」してくれた。同誌の同人雑誌評の前書きによれば、全国から毎月百冊余りの同人雑誌が集中してくる。

香春は「海峡文学」に載っている下坂一夫作「野草」の全部をコピーして捜査関係者に配った。

同人雑誌評の引用文だけでも分るが、芝田市戸倉の被害者宅界隈《かいわい》にそっくりな風景の中を歩いているのは、小説「野草」によると、「金井」という「画家」であった。

また小説では、

《連山の西に峰がちょっと頭をもたげて斜面の谷を急激に落している姿が見えるが、金井が泊っている旅館はその麓《ふもと》の手前にあった。》

とある。これは芝田市のことだ。それも戸倉に近い西のほうである。

香春課長の方針で二つの新しい捜査がはじまった。こんども所轄《しょかつ》芝田署と県警の合同捜査だった。

その一つは、市内にある九つの旅館について聞込みをすることだった。その結果、山根スエ子殺しが発生する去年の十月二十八日（夜）より二十日ほど前から投宿滞在していた宿泊人名簿には、「金井」という姓もなければ、画家を職業とする者もなかった。

もっとも、旅館によっては税金のがれのために客に宿泊人名簿を出さないところもある。旅館側のそういう「節税策」をも考慮した捜査員らは、これは税務署とはまったく関係のない捜査だと旅館を説得したうえで協力を求めたのだが、事実、該当者はないようであった。

しかし、これは予期された結果である。

小説のことだから「金井」はもちろん作者のつけた名である。「画家」もそれにちがいない。げんに小説では「犬を捜す男」が後頭部の髪がうすくなった小肥《こぶと》りの中年男になっているが、実際の末田三郎は頭髪の濃い痩《や》せがたで、二十八歳の青年であった。

だが、この小説の作者は実際に戸倉の現地に行って実景を見ている。これだけは間違いない。この事実は動かしがたい。

もちろん捜査員らは、念のために各旅館について宿泊客に下坂一夫という名があったかどうかを聞いた。特徴は博多訛《なまり》の言葉を使う、年齢、人相はこれこれだと云《い》った。福岡市に出張して下坂一夫に会っている越智《おち》警部補の電話連絡がそう教えたのである。が、これはあくまでも「念のため」であって、当初から期待をもったのではない。下坂一夫が事件発生の二十日前はおろか、去年も一昨年《おととし》も九州から一歩も外に出ていないことは越智と門野の現地での裏づけ捜査で判っていた。下坂が戸倉の旅館に居たほうが驚天動地ということになる。

香春銀作は、「海峡文学」を手に入れて小説「野草」の全文を読み、「文芸界」に引用された文章と他の文章との間に巧拙の開きがあることを実感した。それは同人雑誌評でも批評してあった。

《同人雑誌の小説には一つか二つ、場面描写に、きらっと光るものがあって、私たち評者をとらえることがある。が、それはぜんたいの文章の流れのなかであって、いわば一つの川面に陽がさして、そこだけがきわだっているといった感じである。統一された文体のなかのハイライト部分なのだが、ときにはその部分が他の文章よりも格段にすぐれていて眼をみはるようなのがある。作者がもっとも興趣を感じたところ、訴えたいところ、気魄《きはく》をもって書いたところ、いわば〃見せどころ〃といった部分は当然に出来がよいものだが、なかにはその部分だけが素晴しくよく、他の部分との落差の大きさを見せられるものがある。他の部分が、その出来のよいところのせめて半分でもできていたらなアと思うことがある。今月はその極端な例として「海峡文学」(秋季号・唐津市)の下坂一夫「野草」を出してみたい。この作品の内容は平凡というよりは水準にも達していないが、その中の六枚くらいの文章が実に美事《みごと》である。》

——そんな批評がしてあったが、「海峡文学」にある「野草」の全文を実際に読むと、その批評の活字とは別に、もっとそれが実感として生れてくる。「その部分の文章が素晴しくよく、他の部分との落差の大きさ」があまりにありすぎるのである。

さらに全文をよんで気づいたことは、文章だけではなく、筋の運びがたいそうちぐはぐなことである。文章の出来が非常によい原稿紙六枚分ばかりの場面と、その前後とがなだらかにつながっていない。ということは、六枚ぶんのほうが先に出来ていて、下手な文章の前後はそれを中心にしてあとから書いたという感じである。

冒頭部分や最後の部分ならともかく、中間の部分が先に出来上っているということが小説作法のうえから考えられるだろうか。

かつての文学青年香春銀作は、この六枚ばかりの部分を、他人の文章を借用したものであると判断した。

やはり小説は全部をよまねば分らないものだ。

では、この六枚ぶんばかりの文章の実作者はどのような人物であろうか。

もしかすると、これは文学青年などではなく、職業作家かもしれない。

下坂一夫は、全部が自己の作品であり、問題の描写部分はあくまでも想像の所産であると越智と門野とに言い張っているから、下坂を追及しても無駄である。この作品が権威ある文学雑誌にとりあげられ、絶讃《ぜっさん》されたというので地元で下坂一夫はにわかに「著名人」に押し上げられているというのが越智らの報告であった。まったく「文学」をやっている連中の視野の狭さといったらどこでも同じのようだ。彼らの眼前には「文学」だけが地球を占め、ちょっとしたことでも虚空《こくう》に炸裂《さくれつ》する華麗な大音響のように聞えるらしい。箸《はし》にも棒にもかからぬ作品がただ文芸雑誌に載ったというだけでそれを「純文学」の待遇にするのだから、こんな単純明快さはない。

そんなわけで、下坂一夫を訊問《じんもん》しても徒労であると香春は思った。他人の文章を借用したと告白するのは、彼がせっかく地元の文学好きの連中にかつぎあげられているおみこしから転落するのを意味する。


捜査員による旅館への聞き込みがもういちど行なわれた。こんどは東京そのほかの地から職業作家が去年の十月に来て泊っていないかというのが主眼だった。職業作家なら名前は知れていよう。それには主だった作家たちの顔写真もつけられていた。県庁の所在地には、地方紙としては大きな新聞社がある。そこの調査部などにはいつでも新聞に掲載できる各界著名人の顔写真が保存してあった。警察と新聞社との友情から、そこにたのんで小説家たちの顔写真を複写してもらったのである。

その反応は一日であった。芝田署の捜査課主任国広警部補が香春課長に報告した。

「紫川《しせん》荘という市内の西端にある旅館に、去年の十月八日から十日間ほど東京の小説家が泊って、十八日の午前十一時に引きあげています」

十月八日から十日間というと、時期としてはぴったりであった。

「なんという小説家ですか?」

「小寺康司というんです。写真も見せたら、旅館でもこの人だとすぐに云いました」

「なに、小寺康司が来ていたのですか?」

「課長さんは、ご存知ですか?」

「いや、名前だけしか知らない。その人の小説もあまり読んだことはないが……」

「紫川荘の係女中にきいたら、小寺さんという人は十月八日の夕方にきて、あくる朝から毎日、戸倉のほうに散歩に行っていたそうです。午後は昼寝したり本をよんだり芝田市の繁華街へ出かけていて、夜は原稿用紙にむかっていたそうですが、それがなかなか書けない様子だったそうです。それはともかく、『野草』にある六枚ぶんくらいの原稿は、小寺康司が書いたのに間違いありません。毎朝、戸倉のほうへ散歩に行っていたそうですから」

国広は収穫に昂奮《こうふん》していた。

「そうか。あのぶんの原稿は小寺康司が書いたのか。……」

香春は、それで謎《なぞ》の一つがとけたと思った。しかし、それがまさか小寺康司とは想《おも》いつかなかった。そんな作家がこの芝田市にきていたとは分らなかった。地元の地方紙も報じていない。小寺康司は原稿書きにこっそりと来ていたらしかった。

「課長さん。あの文章は小寺康司がいつも書く文体ですか？」

「さあ。ぼくも小寺さんの小説はあまり読んでいないのでね。よく分らないが」

「紫川荘の宿泊人名簿によると、小寺康司の住所は東京都大田区田園調布××番地、電話番号は……」

国広は写してきたメモを読み上げ、

「電話でさっそく小寺康司さんに事情を聞きましょうか？」

と逸《はや》った眼で云った。

「そりゃ駄目ですよ」

「え？」

「小寺康司は死にましたよ。新聞にちょっと出ていた。たしか今年の二月か三月ごろだった」

「死んだんですかァ？」

国広は眼をまるくしていたが、やがてその眼を力なさそうに落した。

山根スエ子殺害の真犯人と思われる末田三郎は死んだ。その末田を見た小寺康司も死んでいる。——

戸倉の未亡人殺しが起る十数日前、作家の小寺康司が芝田市の紫川荘という旅館に十日間ほど滞在し、女中の話では毎朝のように散歩に出かけたというから、戸倉の風景を写したと思われる「六枚の原稿」の筆者は小寺康司にほぼ間違いないと香春銀作にもわかった。

「しかし、ふしぎですね。芝田市の旅館で小寺康司の書いたものが、どうして九州は唐津在住の下坂一夫という文学青年の手に入ったんでしょうか？ 小寺康司のは未発表のものでしょう？」

「そうだと思いますね」

「小寺さんはやはり今年の三月に東京で亡《な》くなっていますね。戸倉の事件とその死亡とが何か関連があるのではないかと思って今新聞を繰ってみましたが、普通の病死でしたね。心筋梗塞《しんきんこうそく》とあります」

「小寺康司が戸倉事件と関係があって、自殺したのではないかと疑ってみたんですね？」

「やはり、そうではないようですね」

「待ってください。あなたがここに居る間に小寺未亡人に電話してみましょう」

小寺康司の未亡人は、受話器で聞くと二十代の若い声の持ち主だった。

香春銀作との一問一答は、こういうようなことだった。

「ご主人は、昨年の十月はじめに当県の芝田市の旅館、紫川荘というのですが、その旅館に十日間ほど滞在しておられます。宿帳に署名があるのです。奥さまはご存知でいらっしゃいましょうか？」

「はあ。それは記憶にございます。そのころ十日くらいの旅行から帰って、四国の話をしておりましたから。たしかに芝田市だったと思います」

「そのとき、ご主人は原稿を書いてお戻りになりましたか？」

「旅行中はたいてい原稿の執筆にふりむけるのですが、四国旅行では原稿を書いて帰りませんでした。執筆のつもりだったんですが、できなかったのです。一昨年《おとどし》あたりから原稿が書けない状態になって困っておりましたの」

「それでは、四国旅行の紀行文といいますか、旅先のことを書かれた随筆のようなものはいかがですか？」

「そういうものも書いておりません」

「奥さまがご存知なくても、目立たない雑誌に発表されたということは？」

「いいえ、それはあり得ません。主人の原稿は出版社や新聞社などに渡す前にわたくしがいつも見ておりますから」

「話は変りますが、ご主人は九州の唐津と何かご関係はございませんか？」

「唐津？」

「はい。茶碗《ちゃわん》で有名な唐津焼の、佐賀県唐津でございます」

「いいえ。ぜんぜんありません」

「その唐津から地方の文学青年たちによる同人雑誌で『海峡文学』というのが出ておりますが、その『海峡文学』とは？」

「地方から同人雑誌はよく送っていただいておりましたが、いままで主人が関係をもったことはございません」

「下坂一夫さんという人の名前をご主人からお聞きになったことはございませんか。『海峡文学』を出している唐津の青年ですが？」

「いいえ。まったく聞いておりません。……」

このとき、若やいだ未亡人の声に逡巡《しゅんじゅん》があった。何かを思い出したときに起る語感の微妙な変化だった。

「あのう……」

未亡人のほうから云った。

「いま、唐津というのは佐賀県だとおっしゃったようですが。……」

「はい。佐賀県唐津市です」

「その唐津ではございませんが、主人は今年の二月に、佐賀県のボージョウ町というところに行っております。このときの旅は二週間くらいかかっておりますけれど」

「なんですって、佐賀県のボージョウ町ですって？」

香春は、思わず受話器に大きな声を出した。

「そのボージョウ町の名は、坊さんの坊と、お城の城と書きませんか？」

「そうですわ。そのとおりです」

――「文芸界」編集部から寄贈を受けた「海峡文学」秋季号の最終ページには同人の住所氏名が七人ならんでいたが、その中に「佐賀県坊城町　古賀吾市」とあったのを香春はおぼえていた。なぜ、それを記憶しているかというと、「坊城」という地名がちょっと風変りだったからである。

それに、福岡市に出張中の越智警部補の連絡電話に、下坂一夫の友人古賀吾市についての言葉があった。戸倉の事件が発生した夜、下坂は唐津市内の父親の家で「海峡文学」の編集会議をしていたが、その出席者の一人が「佐賀県坊城町に居住する古賀吾市で、彼は漁船員です」と越智は云っていた。

「その佐賀県坊城町でご主人が滞在された旅館は何という名でしょうか、ご存知ならお教えください」

「それは主人が九州から帰ってきて話しました。平凡な旅館の名前でしたから、かえってよくおぼえているのです。……千鳥旅館という名でした」

未亡人は、懐《なつか》しむ声で答えた。

18

香春《かわら》銀作の新しい捜査方針のもう一つは、戸倉川の川浚《かわざら》いであった。この川は、被害者山根スエ子方の東一キロのところにあり、河口は瀬戸内海に開いているが、この付近では川幅が約五メートルあった。その上に戸倉橋というコンクリート橋が架《か》かっている。

鈴木延次郎が被害者宅の台所隅で見たというアルミニュームの椀《わん》のことは、彼の供述の変転もあってはじめの捜査では問題にされなかったが、末田三郎の飼犬のことがわかると、椀のことだけでも捜査はやり直しになった。戸倉橋は、推定される末田三郎の逃走路にあたる。そこで、末田が鈴木のあとから入り、被害者宅からアルミ椀を持ち去ったなら、この川の中に捨てた公算が大きくなる。なぜ、アルミ椀を末田が持ち去ったかといえば、それを人に見られると自分の飼犬が被害者宅に逃げこんで被害者に食べものを与えられていたことが判《わか》り、面識の間が知れて困るからである。

川浚いの収穫は一日だけで得られた。人間の心理として橋から上流には物を捨てない、かならず下流のほうである。その見当で捜査員を川に入れて浚渫《しゅんせつ》したところ、アルミ椀は軽いので流れ去ったとみえて見つからなかったが、川底の岸に近いところに溜《たま》った泥濘《でいねい》の中から犬の白骨化死体が発見された。腐爛《ふらん》した肉片の残りについている皮の毛はうす茶色で、芝犬であった。

犯人の末田三郎は、犯行後に愛犬を殺してその死体を川に捨てたとみられる。

これは理解できる行為である。なぜなら、犬を生かしておくと、殺された被害者を慕って、その家に歩いて行くからである。犬の習性から加害者が推察される。愛犬だが、いまは危険な疫病神《やくびょうがみ》であった。

末田三郎の犯行と推定してから警察ではその芝犬の行方をさがしたが、どうしても分らなかった。が、川の底に死体となって沈んでいたことは、そう意外でもなかった。

この芝犬の白骨化死体発見は末田三郎の犯行を決定する証拠固めになった。

——こうして戸倉川の川浚いが行なわれているとき、福岡市に指示を待って滞在していた越智《おち》警部補と芝田署の門野巡査部長とは、本部から電話できた新しい香春課長の命令で、佐賀県坊城町の千鳥旅館に行っていた。二人の出張捜査員は、下坂一夫に対する参考質問が行き詰って、どうしようもないときであった。

下坂一夫は戸倉未亡人殺しの嫌疑者ではない。彼は九州から動いてないという絶対のアリバイがある。被疑者でもない者に対する参考質問にも限度があり、事実、質問事項はタネ切れの状態であった。

二人の捜査員は、被疑者でもない下坂一夫を遠巻きにしてその動静を眺めているような状況だった。監視しているような、しかし、論理上そうはいえぬといったちぐはぐな気持の、凝視というよりは傍観であった。

下坂一夫は博多の繁華街に陶器店を出す準備を着々とすすめているようであった。出産がせまっているその妻の腹はいよいよ大きくなっている。派手な色合いの妊婦服をきた妻と連れ立ってアパートを出て繁華街を下見して歩いたり、建築事務所に行ったり、あるいは唐津からきた父親といっしょに銀行に出入りしたりしている。

そういう際だったから、越智も門野もよろこんで坊城町へ向ったのだった。玄界灘《げんかいなだ》に突き出た半島の先にあるこの港町は、瀬戸内海のおだやかな港とは違って荒々しかった。瀬戸内海は、どこをむいても島だらけである。島の向うにも中国地方のうす青い山があって壁になっている。が、坊城の沖には島がなかった。あっても小さいのが一つか二つである。あとは底抜けに広い海と空であった。夕方には睡《ねむ》くなるような凪《なぎ》が必ず訪れる瀬戸内と違って、ここは冷たい強い風が真正面から襲ってきていた。

港の構造も船の型も、内海とは違っていた。内海のは沿岸漁業だが、此処《ここ》は遠洋漁業の根拠地でもあった。入港している漁船がどれも大きい。港は入江のようになっていて、対岸には石垣の上に旧《ふる》い家なみがならんでいた。二人の捜査員は、今年の早春にここに来た小説家の小寺康司がその朽ちかけた遊廓《ゆうかく》のシルエットに眼を惹《ひ》かれていたことは、もとより知らない。

「小寺先生は二月十三日から十日間、わたしどものこの千鳥旅館にご滞在いただきました」

マネージャーの肩書をつけた江頭《えがしら》庄吉の名刺をくれた中年の男が、越智と門野とをフロントの前につづくロビーに招じて云《い》った。スチームが入っていた。

マネージャーというよりは、やはり番頭といったほうが似合う顔だった。たとえ蝶《ちょう》ネクタイをつけていても、そして、その靴が警察官二人の艶《つや》のないそれよりも磨きがかかって赤い絨緞《じゆうたん》を行儀よく踏んでいてもである。ロビーの中央には酸素入りの大きな水槽《すいそう》が飾られ、玄界灘の魚類がめまぐるしく旋回運動をしていた。

マネージャーの庄吉は台帳を見て云っている。

「……ええと、十日間ですが、十九日から三日間ほど平戸島のほうさ行かれとります。ですけん、お引きあげになったのは平戸からここへ帰りんさった翌日の二十三日でございます」

「ははあ。小寺さんがこの旅館に滞在中、だれか外から訪ねてくる人はありませんでしたか？」

越智が主に質問した。門野は横でメモをとっていた。

「いいえ。どなたも見えませんでした。わたしはフロントに立っとりますけん、小寺先生に訪問客があればよく分ります」

「なるほどね。小寺さんはこちらに滞在している間も執筆されておられましたか？」

「毎日、机についてては居られたようですが、お仕事はあまりはかどってなかったようでした。これは先生の居られた錦《にしき》の間についた係りの女中がそう云うとりました。書いては途中でやめたり、破ったりしとらしたそうです」

「その係りの女中さんは？」

「今年の八月にやめました。この先の多久《たく》というところから来とった女ですが」

「ああ、そう」

越智があっさりとそのところを通りすぎたのは仕方のないことだった。去年の十月末に四国に起った殺人事件を捜査しているのだから、今年八月に辞めた土地の女中のことが気になる道理はなかった。

「小寺さんがこっちに居られる間に、唐津市の下坂一夫という人が訪ねてきませんでしたか？」

「いいえ。ありません」

マネージャーはすぐに答えた。その答え方があまりに早く、そうして無雑作すぎるので越智は念を入れてもう一度訊《き》いた。

「下坂一夫という人ですよ。この人は同人雑誌をやっている文学青年です。だから、小寺康司さんのような中央文壇の中堅作家が来て、この旅館に滞在していると聞いたら、唐津から会いに来ないはずはないと思うんですがねえ？」

「下坂さんという人は知りまっせん。先生を訪ねても来とりません。第一、小寺先生がこの千鳥旅館に泊っとらすことは、だァれも知っとらんとでした。こっちの新聞にも出とらんでしたけんなた」

マネージャーは次第に佐賀弁になった。

香春課長からの連絡で、課長の推定にある小寺康司と下坂一夫の線は切れた。「六枚の原稿」を結ぶのは、小寺が今年の二月にきたこの坊城町しかないと勢いこんできた越智も門野も出鼻をくじかれた思いであった。

——香春銀作をはじめとする捜査側が、下坂一夫の小説中にある一場面を小寺康司が書いた文章として追及するのは、それを実証することによって現在法廷に立っている被告鈴木延次郎の「殺人容疑」の起訴部分を取消したいためである。しかるに真犯人と思われる末田三郎は死に、その末田を「犯行の直前に目撃」した小寺康司も死んで、両人の口から何ごとも聞き得ない今は、下坂の小説にある「目撃場面」が小寺康司の書いた原稿から取られていることを突きとめて、鈴木被告の罪名のうち「殺人」の無罪を立証するしか途《みち》がない。このことは地検側にも諒解《りようかい》を求めてある。「行き過ぎた捜査の反省」であった。

それ以外に理由はなかった。小説の一部に他人の作の「盗用」を下坂一夫に認めさせ、それによって道徳的な論議を周囲に起させるのが「六枚の捜査」の目的ではなかった。

「こちらに滞在中の小寺さんのことを知っている女中さんに会わせてください。係りだった女中さんがやめてもほかの女中さんでわかるでしょうからね」

と越智はマネージャーに要求した。

庄吉支配人は、越智警部補の要求を容《い》れて梅子と安子をロビーに呼んできた。

梅子はいかつい顔をして肩が張っている。安子はまるい顔で背が低く肥《ふと》っている。女中二人は、捜査員二人の前にはじめ固くなっていたが、越智は冗談など云って笑わせ、気持を楽にさせるようにした。

「ところで、今年の一月ごろに東京から小説家が来て、この旅館に滞在しましたね?」

越智は、信子のことにはふれずにきいた。

「はい。小説家の小寺康司さんという方です。帰って間もなく亡《な》くなられたというのを新聞で見て、びっくりしました」

一つ年上の梅子が先に答えた。

「どうです、いい男でしたか?」

梅子は安子と顔を見合せて、くすりと笑った。

「亡くなった方に申しわけのなかですが、ああいう顔は、あんまり好きじゃなかです。

頬桁《ほおげた》の落ちて、鼻の隆《たこ》うして、眉間《みけん》にはいつも皺《しわ》ばつくって、陰気臭《くそ》うして……」

「そうですか。そりゃモノ書きですからね。どこか変っているでしょうな」

「神経質で、顔の筋がピリピリしとりました」

　安子が云った。

「それじゃ、近づきにくかったでしょう？」

「はじめはそげなふうでしたが、そのうち少しは馴《な》れてきました。わたしたちば見んさっても、ちかっと笑顔ばしんさって」

「原稿を書いているときの小寺さんはどうでしたか？」

「それはわたしは知りまっせん。錦の間の係りは真野信子さんでしたから」

「錦の間？　ああ、そこに小寺さんが入っていたのですね。真野信子さんはここを退《や》めたそうですが、それはいつごろですか？」

「今年の八月です」

「いま、どこに居ますか？」

「大阪に行ったらしかです。ばってん、ハガキもなんにも来ませんから住所はわかりません」

「それはどうしてですか。あなたがたとはこの旅館で長いあいだいっしょに働いた仲じゃないですか。友だちなら、ハガキを寄越してもよさそうなものですがね?」

「それには、ちかっとばかりわけがあります。信子さんは大阪によか働き口のあったらしゅうして、急にそっちさ移るためにここを辞めたいとおかみさんに云いだしたとです。それで、七月はこっちの旅館もお客さんが来んさって、一年じゅうの書き入れどきですけん、そげな忙しかときにやめられては困る、せめて秋になってからやめてくれ、とおかみさんが云んさったのに、信子さんはそればきかんで勝手に出て行きんさったんで、おかみさんは腹ば立てんさったのです。そいが、信子さんにも分っているけん、わたしたちにハガキでんが手紙でんが出すのを遠慮しとらすと思います。わたしたちはこの旅館に住みこみですけん、手紙の来ればすぐにおかみさんに筒抜けですたい」

「ああ、そういう事情があるのですか。それじゃ、信子さんの実家に聞き合せると、大阪のどこに居るのかわかるはずですから、そっちに聞きましょう。……ところで、あなたがたが係女中の信子さんから聞いたところでは、小寺さんは、ここでずっと原稿を書いていましたか?」

「そいがあんまり原稿のできん模様でした。小寺さんが季節はずれのこの旅館に来んさったのは、静かなところで原稿ば書くつもりらしかったばってん、けっきょく一枚もでけんで東京さ引きあげて行かれました」

「ほう、一枚も？」

「はい。書いては破り、書いては破りして、苦労しとらしたです。そげなときの小寺さんは凄《すご》い顔つきで、えずか（おそろしい）ごとありました。ねえ、安子さん？」

「ほんなこと、えずかでした。ばってん、小寺さんは信子さんにはやさしかでした」

「そりゃ、係りの女中さんだからでしょう？」

「いいえ、そいだけじゃなかです。信子さんは小説が好きで、そげなことで話の合ったらしかです。信子さんが小説ば書けば、林芙美子《ふみこ》さんみたいな女流作家になるかもしれんちゅうて小寺さんが云わしゃったとかで、信子さんが耻《はずか》しがっとらしたことのありましたたい」

「ほう、信子さんは小説を自分でも書いていたのですか？」

「わたしたちには絶対に隠していましたが、ときどき書いとらした模様です」

越智と門野とは顔を見合せた。それから越智の訊きかたに熱が入った。

「信子さんは小寺さんの原稿を手伝っていたようなことはありませんか？　たとえば清書をしてあげるとか、そういうことで？」

「いいえ、そげなことはありませんでした。小寺さんが机にむかっとらすときは、信子さんも呼ばれませんし、行きもしませんでした」

「ふうむ?」

越智と門野の眼に失望が出た。

「そげなときの小寺さんの様子は、女中を呼ぶどころじゃなかったです。うんうんと呻《うめ》いて苦しんでおられたですもんね。わたしたちは錦の間に近い廊下ば歩くのにも、足音ば忍ばしとりました」

「そうですか。……で、結局、一枚も書けなかったのですかねえ?」

「そげなことでした。一週目くらいには、あんまり書けんので、気分転換に行ってみると云んさって、平戸のほうに三日ばかり歩いて来んさったばってん、ここへ帰ってこらしても、なんにも書けんで東京へ引きあげて行きんさったもんね」

「しかし、一枚でも書きかけの原稿ぐらいはあったでしょう?」

「そげなものは一枚も残しんさらんでした。小寺さんは書くはしからピリピリと破ったり裂いたりして、そいが反古籠《ほごかご》に突込んでありました」

「その破ったり裂いたりした原稿には、二枚とか三枚とかつづいたものはありませんでしたか?」

門野がきいた。

「いいえ。みんな五行か六行ぐらいしか書いてなかったです。それは、わたしたちが反古ば風呂場《ふろば》に燃すとき見とりましたから」

「で、その五行か六行でも、文章はどんなふうでしたか？」

「そげんことまで読めるもんですか。万年筆で消したうえ、滅茶滅茶《めちゃめちゃ》に破ったり引き裂いてありましたもんね」

二人の女中は口を揃《そろ》えて云った。

越智と門野とはがっかりした。漁船の発動機の音が、ポン、ポン、ポンと過ぎて行く。

しかし、失望のまま引きあげるわけにはゆかなかった。二人には、県警本部の香春捜査一課長からの電話指示が耳底に鳴っていた。

「その、つかぬことを訊きますがね」

越智は茶の残りを音立てて啜《すす》り、曖昧《あいまい》な笑いに眼を細めて二人の女中の顔を見た。

「そのゥ……信子さんに恋人とか、そういう人はいませんでしたかね？」

「恋人ですか。……」

女中二人の眼も笑いだした。

「いいえ。そげな人は居りませんでした」

「ほう。そうきっぱり云《い》っていいのですか？」

「よかです。わたしたちは、この旅館にいっしょに寝起きしとりましたけん、だれかに恋人が居たら、すぐにわかりますたい」

「けど、信子さんは、なかなか魅力的な女性だったそうじゃありませんか？　いや、失礼。これはあなたがたがそうではないという意味ではありませんが」

越智は推量で云った。

「そりゃ、信子さんはわたしたちよりずっときれいでした。体格もよく、均整のとれたスタイルばしとらしたもんね」

「それじゃ、男性のほうがほうってはおかなかったでしょう？」

「そりゃ、旅館の女中ですけん、お客さんで信子さんにいろんなことば云う人はよんにゅうおりました。ばってん、信子さんは受け流して相手にせんでした」

「固いんですね？」

「品行は方正です。わたしたちも」

梅子が笑って答えた。

「あなたがたは、下坂一夫さんという人を知っていますか？」

越智は、質問のはかがいかないので切り札を出した。

「いいえ、知りまっせん」

梅子も安子もすぐに首を振った。それだけで、ほんとうに二人とも知らないことが越智たちにわかった。

「その下坂という人は、どういう人ですか？」

梅子が問うてくるくらいだった。

「いや。ちょっと思いついたから聞いたまでです。なんでもありません。……しかし、下坂という名前も信子さんから聞いたことはありませんか？」

「聞いとりません」

「そうですか」

越智と門野とが眼を伏せるのを見て、梅子が云った。

「その下坂という人は、もしかすると博多に居る人じゃなかですか？」

「え？　そ、そうですが」

越智と門野とは思わず眼をまるくして梅子の角ばった顔を見つめた。

「博多に居るのでしたら、その人かもわかりません。信子さんを大阪の働き口に世話した人は」

「下坂という名前でしたか？」

「いいえ、名前は聞いとりません。ばってん信子さんは大阪に仕事ば世話してくれる人がおんしゃる云うて、ここをやめる一カ月前には休みの日によく博多へ行っとらしたです」

「ここをやめる一カ月前？　それはいつごろですか？」

「今年の七月ごろです」

「ははあ」

その線は駄目だった。下坂一夫が唐津から博多のアパートに新居として移り住んだのは九月半ばであった。これはアパートの管理人や市役所の住民票に当っているので明白だった。

「その人とは違いますか？」

梅子は、急に気落ちした越智の顔を見て云った。

「さあ。はっきりとは分りませんが」

越智が言葉を濁すと、横の門野が梅子にたずねた。

「真野信子さんを大阪の働き口に世話するといった博多の人は、名前は分らなくても、およそどんな仕事をしているような人でしたか？」

「さあ。そいは信子さんから聞いとりません」

「しかし、博多に住んでいる人でしょう？」

「そうらしかです」

「だったら、どういう職業の人なのか、商売をしているのだったら、どういう商売なのか、信子さんはあなたがたに洩《も》らしそうなものですがね？」

「信子さんは自分のことには口の固かひとでした。それに強引にここをやめるつもりらしかでしたけん」

「ああ、なるほど。しかし、信子さんはその博多の人を、どういう関係から知ったのでしょうね？」

「それもわかりません。ばってん信子さんは前からお休みの日は博多によく遊びに行ってきたと云うとりんさったけんね。そこで知り合うた人じゃなかですかね？」

「ここの休みは？」

「月四回です。ばってん三人の住込み女中はかわるがわる休みをとりますけん、いっしょに歩くちゅうことはありませんでした」

「信子さんは、休みに唐津によく遊びに行ってませんでしたか？」

「唐津？　いいえ。唐津に行ったちゅうことは聞いとりません」

「あなたがたお二人はどうですか？」

「わたしたちは唐津にはよく遊びに行きます。博多にも行きますが、ちょっと遠いですけん、唐津で遊ぶことが多かです」

このとき、梅子が思いついたというように安子へ云った。

「信子さんのことなら、漁業会社の古賀さんに聞いたほうがようわかるんじゃなかろうかね？　あの人は船に乗らんときは、ここさ来て、よう信子さんと話しとったもんね？」

「あ、そうそう。古賀さんは信子さんに気があって、ここに来ては機嫌とって話しとったけんね。そうたい、古賀さんのほうがよか」

越智は、二人の話から古賀吾市とは見当がついたが、わざと訊《き》いた。信子に気があったというのは初耳だった。

「古賀さんというのは、だれですか？」

「古賀吾市さんいうて、漁船の船員さんです。古賀さんも何かしらん小説好きで、ようここに現われては信子さんと小説の話ばしとりんさったですね。わたしたちは、そげな話には興味のなかですけん、その場にいっしょに居て聞いたことはなかです。それに、古賀さんは信子さんば好いとらしたふうですけん、わたしたちはなるべく遠慮しとりました」

——越智は古賀吾市の電話の声を思い出していた。

下坂一夫を博多のアパートに訪ねたとき、去年の十月二十八日の夜（戸倉の未亡人殺し事件が発生した晩）はどこに居ましたか、と念のためにきくと、下坂がそれは唐津の父親の宅で同人と次号の編集会議を開いた、それに坊城町のこういう漁業会社につとめている古賀吾市が出席していた、と答えた。なぜ一年以上も前の日の夜をおぼえているかというと、はじめ十月八日に編集会議をやるつもりだったところ、この日は、くんち（供日《くにち》。長崎の「供日」は十月七日・八日・九日と三日間おこなわれるが、この肥前の坊城町もそれに準じて同日を供日とする。「供日」は祭りで、肥前地方では魚や大根などを味噌煮《みそに》にして訪客に酒とともに出してもてなす）にあたるので、それを避け、二十日後の二十八日の夜に延ばすことに相談が成ったので、よく日をおぼえている、と下坂一夫は云った。

それで、越智がホテルから坊城町の漁業会社に電話し、古賀吾市を呼び出してもらって、その質問をすると、電話の古賀吾市は下坂一夫と同じことを云った。その古賀の声が越智の耳に残っていたのである。

もっとも、この質問や確認じたいが無意味なことであった。なぜなら、下坂一夫はいちども四国に行ったことはなく、ここ三年は九州からはなれて旅行したこともなかったからである。

しかし、いまは事態が少し変っていた。下坂一夫は九州から動いていなくてもかまわなかった。捜査の視点は新しいものに移動しはじめている。無意味だったものが、意味をもって生き返ってきそうであった。

越智と門野は庄吉支配人から真野信子の親戚《しんせき》の住所を聞き取った。多久市には親兄弟はいない。千鳥旅館を出ると、その足で漁業会社に行った。事務所の軒上まで白い鷗《かもめ》が舞っていた。冬の沖合いは荒れていた。

事務員が勤務日程表を調べて、古賀吾市はいま済州島沖の出漁船に乗っていて、明後日でないと帰港しないと云った。

「その間に、多久市とかいう真野信子の親戚に行って、彼女が大阪のどこに居るか聞きましょう」

門野が歩きながら越智に云った。

「ぼくもそう思っていたところですよ。信子の行方には、どうもイヤな感じがしますね」

ポンポン船が二人の歩く横で波を切った。

おおい、漁の調子はどがんふうかん？　と岸に立った男が寒い風の中で大きな声を出していた。

19

翌日、越智《おち》と門野は地元署に寄って風紀係主任に会い、千鳥旅館の「評判」を聞いた。

「あの旅館には問題がありません。客筋もちゃんとしておるし、ヘンなことはしとりません。川向うのホテルまがいの旅館やバアにはいろいろ問題のあるとですがね」

主任は四十歳を越え、髪の毛がうすくなっていた。

「今年の二月十三日に東京から小寺康司という客が来て十日ばかり滞在しているのですが、この客について何か噂《うわさ》をお聞きになりませんでしたか？」

越智が訊《たず》ねた。この警察署の内にも移動する船の発動機の音が聞えていた。向うの机では婦警が仕事をしていた。

「いや、聞いとりません。その小寺康司という人はどげな人ですか？」

風紀係主任は小説家というのを知らなかった。

「へえ。そんな小説家があの旅館に来とったのですか」

主任はその職業には興味を示さず、その小説家があなたがたの捜査の対象になっているのかときいた。

「いや、捜査の対象になってはいません。それに、小寺さんは今年の三月に東京で病死しましたからね。ただ、ほかの事件で、参考的に千鳥旅館に滞在中の小寺さんの噂があれば、それを伺おうと思ってお立寄りしたのです。旅館のマネージャーや女中さんたちからは一応聞きましたが、内輪のことはあまり云《い》いませんからね」

「いや、外部にもこれという風聞は伝わっておらんですな」

小寺が小説家だということも知っていないのだから、その通りだろうと思った。

「その小寺さんが泊っていた部屋の係女中が八月にやめたというのですが、その女中さんさえいれば、もう少し詳しい話が聞けたかもしれませんがね」

「ああ、信子のことですな」

主任は眼尻《めじり》に皺《しわ》を寄せて口もとを笑わせた。

「うむ、あの女《こ》が係りだったとですか。ありゃ、愛嬌《あいきよう》のある、よか女中でしたがな。惜しか女中がやめましたな。千鳥旅館のおかみは、旅館の忙しかときば狙《ねら》ったごとして信子が辞めたいうて腹ばかいとりました（腹を立てていた）」

「信子は大阪にいい働き口があってそっちへ行ったそうですね？」

「そうらしかです。わたしも、あそこに残っとる二人の女中から聞きました。新しか働き口がきまればそっちさ早う行きたがるのは当り前です。先方も急いどるでしょうけんな。おかみは信子に辞めるとなら秋まで待てと云うたそうですが、それじゃ引きとめられてキリがありませんけんな、信子がそれきり黙って出て行ったのは彼女の立場からすると仕方なかったでしょうな」

小寺康司と信子とが四国の捜査員の肚《はら》の中でどう関連しているのか、風紀係主任にはそこまでの穿鑿《せんさく》はなかった。越智たちも信子の現在に対する関心はうちあけなかった。

「その信子が千鳥旅館で働いているとき、好きな男はいませんでしたか？」

「さあ、聞きませんなァ」

主任は頭を振ってまた笑いだした。

「……そげなことがあれば、すぐに話題になりますけんな。あの女中は身もちの固か女でした。愛嬌のよかけんが、言い寄る客も少なくなかったろうばってん、見むきもせんじゃったですなァ。信子はなかなかインテリでしたもんな」

机に向っていた婦警がちょっとこっちを振りむいた。三十すぎの顔だった。

「インテリでしたか？」

「もの知りでしたな。よう本ば読んどったようですな」

本は小説のことだろう。しかし、越智たちはここで下坂一夫の名を口に出さなかった。地元署によけいな興味を与えたくなかったからである。

越智たちが礼を述べる前、その気配を察したように婦警が向うむきに坐《すわ》っていたイスから立って主任のところに歩いてきた。さっき振りむいた三十すぎの婦警だった。

「主任さん。いまごろ、こんなことを云ってはなんですが、わたしには千鳥旅館の信子さんがおかみさんの云うことも聞かずに旅館を強いてやめた理由《わけ》がなんとなくわかる気がします」

「ほう。そりゃ、どげなことかな?」

主任が見上げると同様に越智も門野も婦警の顔に眼を上げた。眼もとに小皺をよせたその血色のいい丸顔には、てれ臭そうな微笑《わらい》と逡巡《ためらい》とが漂っていた。

「わたしの見たところでは、信子さんは妊娠ばしとったようです」

「えっ、妊娠?」

風紀係主任は飛び上りそうにびっくりした。

「そりゃ、あんた、ほんとかね?」

「わたしは妊婦の被疑者たちをかなり扱っとりますけん、まあ間違いがありません。

いまだから云いますが。腹の小さかけんで、だァれも気がついとりません。ばってん、あれは四カ月ぐらいでした」

「妊娠四カ月？　ううむ」

風紀係主任は腕を組んで唸《うな》った。

「わたしはときどき千鳥旅館に仕事で立ち寄っとりましたが、信子さんが辞める前ごろにそれと気がつきました。ばってん、わたしも知らん顔ばしとりました。そのうち、信子さんが旅館ばやめて出て行ったと聞いて、ははん、と心でうなずきましたたい。あれ以上あそこに居ると腹が目立ちます。おかみさんも従業員も気がつかんうちに信子さんは出て行ったのです」

「信子には男が居ったとか？」

主任は欺《だま》された顔になった。

「……その男は誰か？」

「さあ。そこまでは知りまっせん」

「ちょっと越智さん。その小寺康司という小説家が千鳥旅館に泊っとる間に、信子とそういう仲になっとったとですかな？」

風紀係主任は血迷ってきいた。

「妊娠四カ月なら、そうではないでしょう。小寺氏が千鳥旅館に滞在していたのは二月十三日から十日間ですからね」

越智と門野とは別な意味で顔を見合せた。

県警本部に香春《かわら》を訪ねて芝田署から国広捜査主任がきた。

「課長さん。今日午前中、東京の小寺康司氏の未亡人がわたしに電話をかけてきました」

五階のこの部屋からは城山の林が窓枠《まどわく》いっぱいに逼《せま》って見えた。午後二時の陽は、頂上にある城の白壁と、そこへ登る観光バスの車体とをおだやかに光らせていた。お城の白壁は一部だけが見え、白いバスは木の葉がくれに曲りくねった道を這《は》いあがっていた。天気のいい初冬の日だった。

「どういうことですか?」

普通の報告なら電話で済むのを国広主任は芝田市から列車に乗ってこの県都に来た。ほかに用事があったとしても、この連絡が主だったにちがいない。

「小寺未亡人が云うには、昨日ふと思い出したことがあるので、主人の葬儀のときの記録関係を入れた書類函《ばこ》をさがしたそうです。それは、前にこちらで佐賀県の唐津にいる下坂一夫さんと小寺さんとが知り合いではなかったかと訊《き》いたとき、未亡人はそういう人は聞いたことはないが、佐賀県なら主人が坊城という町の千鳥旅館に滞在したと答えたのを自分で思い出したからだそうです。というのは、坊城局の発信で、遺族には心当りはないが愛読者らしい人からの弔電が一つ来ていたんだそうです」

「愛読者らしい人からの弔電が坊城局から打たれている？」

「それで弔電だのおくやみの手紙などを入れた函をさがして、その電報を見つけたといって電話で教えてくれました。これです」

国広は書き取ったメモを出した。

《センセイノゴセイキヨヲココロカラオイタミモウシアゲマス　マノ》

「発信局は、サガ・ボウジヨウで日付は今年の三月三日午後二―四時だそうです。二時から四時の間に発信されているわけです」

「うむ」

「未亡人が電話で云うには、主人の死亡記事が新聞に出てから全国の未知の読者から弔電やお悔み状をかなりもらった、この電報もその一つだろうと思っていたが、佐賀県の坊城という地名で思い出したと云うんです。坊城のマノというのは、どういう人でしょうね？　なるほど三月三日午後二時以後の発信というと、地方新聞だとその日の朝刊に出ていたはずです。この弔電の宛先が住所も未亡人の名前も記事に出たとおりになっています」

「マノ……？　たぶん間野か真野と書くんだろうが、もしかすると小寺さんが泊った千鳥旅館の経営者の名前かも分らないな」

香春が呟《つぶや》くと、

「いや、それは違いました。実はわたしのほうで未亡人の電話が済んだあと、坊城町の旅館組合に電話してみたんです。千鳥旅館の経営者は真崎友造というのです」

と、国広は答えた。

香春も国広も「愛読者」という先入観を植えつけられて、旅館の女中までには思いいたらなかった。

「坊城局に問い合せると、電報の頼信紙が保存されているはずですから、局に問い合せてみようかとも思いましたが、その前に一応課長さんに報告のために来ました」

芝田署の国広主任は合同捜査の県警捜査一課長の面子《メンツ》を立てていた。

「それはご苦労さんです。あなたの云うとおり局に問い合せて頼信紙にある発信人の住所氏名を教えてもらうのが早わかりですね。訊いてみましょう」

佐賀県坊城町の郵便局が出るのに十分とかからなかった。電報係は女性の声であった。こちらの依頼に、少々お待ちくださいと云って引込んだが、三分ぐらいしてまた声が出た。

「頼信紙によると、発信人はマノ・ノブコさんになっています。真実の真に野原の野、ノブは信用の信という漢字です。住所は当町の千鳥旅館内です」

「なに、千鳥旅館内？」

香春の声に、横の国広が眼をひろげた。

「この方は、わたしも知っていますが、千鳥旅館の女中さんでした。いまはもう辞めていますが」

「どこに行っているのでしょうか？」

「さあ。それは知りません。千鳥旅館におききになったら分ると思います」

「ありがとう」

香春は電話の内容を国広に伝えた。

「真野というのは千鳥旅館の女中でしたか。じゃ、小寺氏が滞在したときの係女中だったかもわかりませんね」

国広の推定に香春も同感だった。

「坊城町には、いま、下坂一夫のことで、ウチの越智君とおたくの門野君とが行って千鳥旅館にも当っているはずです。そこで当然に小寺氏の係女中だったという真野信子のことも聞きこんでいるはずですから、二人からの連絡電話待ちということにしましょう。その女中は千鳥旅館をやめたそうですが、二人はいま、行先をさがして小寺氏の話を聞いているのかもしれませんね」

越智から電話があったのはその夜で、香春の自宅にかかってきた。

「いま佐賀県の多久《たく》という町の旅館にいますが、今日は坊城からこっちにまわって来て、いろんなことがわかりました」

越智の声には当惑があったが、活気がないでもなかった。

「これは下坂一夫とは関係のないことで、その点では困るのですが、坊城の千鳥旅館でわかったことは、小寺康司が滞在していた間、その部屋係だった女中はマノ・ノブコという女でした。二十四歳で、この多久市の生れです。千鳥旅館の朋輩《ほうばい》女中の話によると、その女は小説が好きで、自分でもこっそりと書いていたということです」

「なに、その女中は小説を書いていた?」

「朋輩には隠れて書いていたらしいです。だが、べつに発表するつもりではなく、雑誌に投稿するということもなかったようです。小寺氏もそれを知っていたらしく、ノブコさんはいまに林芙美子《ふみこ》のような女流作家になるかもしれないな、と冗談半分に云《い》っていたそうです」

「………」

「もしもし。聞えますか?」

「聞えます」

「マノ・ノブコの漢字は、真実の真に野原の野……」

「ノブコは信用の信だろう? それはわかっている」

「えっ、なにかあったんですか?」

越智がおどろいた声を出した。

「小寺未亡人が坊城局発信の弔電があったのを思い出して芝田署の国広君のところに電話してこられたんだ。その発信人が〝マノ〟だった」

香春は坊城局の電報係に問い合せたことも云った。

「それを聞いて、ますます真野信子が妙な女中に思えてきました。彼女が小寺氏宅に弔電を打つくらいなら、小寺氏からは相当可愛《かわい》がられていたと思いますね。いえ、妙な意味ではなく、その小説好きということから」

香春も、小寺が信子のことを林芙美子のような女流作家になるかもしれないと冗談半分に云っていたというのを越智からこの電話で聞いたとき、一つの疑いが頭に起ったのだった。もしかすると、小寺氏が書きかけの原稿六枚ぶんぐらいを信子に与えたのかもしれない。林芙美子にたとえたのは、もちろん信子が旅館の女中をしながら小説を書いているという立場の相似からで、べつに彼女の原稿を見てやったわけではあるまい。が、小寺氏のほうで、世話になった礼心もかねて自分の原稿を与えるというのは十分に考えられる。

あとは、それと下坂一夫とがどう結びつくかである。

「真野信子は、今年の八月に千鳥旅館を辞めています。博多の人で世話する人があって、大阪に働きに行くといって、かなり強引な辞めかたをしていますが、千鳥旅館のマネージャーや残った女中たちの話だと信子には恋人はいなかったといっています。坊城署の風紀係主任も、信子は固い女で浮いた話はないと保証していましたが、帰りぎわにそこにいた婦警が来て、気になる話をそっとしました。信子は妊娠四カ月ぐらいだったというんです」

「ほう」

「婦警は妊婦の被疑者を相当に扱った経験があるので、それは眼で見て分ったと、だいぶん自信がありそうでした。そう聞いてみると、信子が千鳥旅館を無理に辞めて行ったことも、その後、旅館の朋輩にも便り一つしないことも、理由が分ってきそうです」

「君、その信子と下坂一夫の間は？」

「それがどうも出てこないんですな。信子の腹の子が下坂一夫のタネだとおもしろくいくんですがね。下坂のことが出てきません」

「…………」

「で、課長さん。おねがいがあるのです。多久は真野信子の生れたところですが、こっちには親戚《しんせき》しか居ません。その親戚のところにも信子から便りがないというのです。母親は大阪にいる信子の実姉のところに身を寄せているそうで、その大阪の住所を聞いてきました。そこへ信子のことを問い合せていただきたいのです」

20

あくる日、越智《おち》と門野とは佐賀県多久市の旅館に待機していた。四国の県警本部からの電話は午前十一時半ごろにかかってきた。

「大阪にいる真野信子の母親から事情を聞いた大阪府警からの連絡がたったいま入っ

たので伝えるがね」

香春《かわら》捜査一課長の声であった。電話に出たのは越智だった。はじめからメモを用意していた。

「真野信子の母親シノは、長女初子、つまり信子の姉の嫁ぎ先である大阪市天王寺区小橋《おばせ》町に同居している。シノと初子の語るところによると、信子はそこに来たことがないばかりか、府警の係官が事情を聞きに行くまで、信子はまだ坊城町の千鳥旅館で働いているものとばかり思いこんでいた。それで係官が信子は今年の八月に博多にいる人に大阪に新しい働き口を見つけてもらって同旅館をやめたと云《い》うと、シノも初子もぽかんとしていた、という。なお、事情をよく聞いてみると、信子とはここ二年間は年賀状以外には通信のやりとりもなく、便りがないのは息災の証拠と安心していた、大阪の働き口を信子に世話したという博多の人には心当りがない、ということだった。大阪府警からの連絡の要領はこういうことでね」

香春は伝え終えて、そういう母娘《おやこ》や姉妹の間は世間によくあることだといった。

「そうですね。けど、いくら日ごろから音信をしない女だといっても、大阪に行っていれば母親と姉に会いに行かないはずはないですね。ひょっとすると、信子はどうかなっていると思います」

越智が云った。

「とりあえず母親には家出人捜索願を出させるように府警には頼んでおいた。そういう届を出させたほうが、われわれも信子の死体を捜しやすい」

「やっぱり信子は殺されているんですかね？」

課長の言葉は越智の見込みと一致していたので、越智はそれほどおどろかなかった。

「誘われて連れ出され殺されたんだろう。信子は千鳥旅館だけには大阪の働き口のことを云っている。それは誘い出した男の入れ知恵だろうね。信子も旅館にはもう長く居られる身ではなかった。入れ知恵でも口実を云うのは真剣だったろう。ほら、信子は妊娠四カ月ぐらいだったと坊城署の婦警が君に云ったそうじゃないかね」

「そうでした」

「下坂一夫の細君の腹はどのくらいに見える？」

「もう臨月らしいです」

「信子が生きていればそのくらいだろう。信子が殺された大きな原因はそこにある。下坂は二人の女のうち、いまの細君のほうを取った」

「………」

「小寺康司氏は自分の書きかけの原稿の六枚ぶんくらい信子にやったのだろう。彼女が、まだ世に出ないころの林芙美子《ふみこ》のような小説家志望だと思ってね。信子はその感謝から、小寺の死亡記事を見て同家に弔電を打ったのだ」

信子が小寺康司の留守中にその反古《ほご》原稿を盗み写しし、写しとったあとの原稿は裂いて玄界灘《げんかいなだ》の風の中に海へ捨てた、というところまでは警察官に想像は働かなかった。

「信子は、小寺氏からもらった原稿を下坂に与えている。下坂はそれを自分の小説の中にまぜて同人雑誌に発表した。小寺氏も死亡し、信子も殺したあとだ。しかし、それは殺しの原因ではない。殺したのは女が二人ともほとんど同時に妊娠したことにある」

香春は推定を強く云った。

「信子と下坂の線がどうも取れません。よっぽどうまく隠していたと思われます。これから坊城に行って古賀吾市に会います。千鳥旅館の女中の話によると、古賀は信子を好いていたといいますからね。惚《ほ》れた男の直感で、古賀は信子と下坂の間を何か気づいているはずです。いまはそれが意識に上っていないだけだと思います。古賀と話して、それを引き出してみたいと思います」

よろしくたのむ、と香春は云った。

多久駅のホームに立って唐津行の電車を待っていると、すぐ前がピラミッド形のボ夕山だった。炭鉱はエジプトへの連想だけを残して消滅している。どんよりとした灰色の雲が重く垂れて、冬のうすい光りが亀裂《きれつ》の間から斜線を洩《も》らしていた。ホームの掲示板には名所案内として多久聖廟《せいびょう》、若宮八幡宮《はちまんぐう》、天山《てんざん》登山口などとならんでいた。炭鉱の名はなかった。

唐津までの一時間は、低い山の間を通る。越智と門野はうとうと睡《ねむ》った。昨夜は旅館で宴会があり、おそくまで騒いで寝不足だった。佐賀弁は声が高くて言葉が強い。朝、食事を持ってきた女中が気の毒がって、佐賀県人が二人で話ばしとると、他県の人はまるで二人が口喧嘩《くちげんか》ばしとるごと聞えてびっくりされますばんた、と云った。越智たちの四国言葉は関西弁のように耳にやわらかいので、女中はよけいにそう言い訳したのであろう。

唐津駅前からは坊城町行のバスに乗った。

「今夜の宿は、千鳥旅館でない家に泊りましょう」

門野が越智にささやいた。越智は同意した。千鳥旅館に二度も泊るのは訝《あや》しまれそうだった。あの旅館から聞くことはもうなさそうであった。

山あいの景色が海に変って四十分、坊城町のバスの終点についた。寒い風が舞って、魚の匂《にお》いが漂う。店の前には土産用の干ものを出している。スルメイカの干ものの横に公衆電話があった。

漁業会社にかけていた門野が受話器をおいて笑顔で越智の立っている傍《そば》にもどってきた。

「古賀吾市の乗っている漁船は一時間前に帰港して、彼はいま会社の独身寮にいるはずだと云っています。独身寮は会社のすぐそばだそうです」

二人は古びたスーツケースを片手に歩き出した。港が近づくにつれ、また汐《しお》の香をかいだ。

「古賀には、どういうふうに切り出しますかね?」

越智が歩きながら門野に相談した。

「質問のむけかたがちょっとむつかしいですな。信子が殺害された疑いがあるということ、古賀はショックをうけて固くなるだろうし、第一、下坂一夫の話が聞きにくくなる。かれをいかにも被疑者のようにしてわれわれが捜査しているようでね。けど、信子のことを云わなかったら、われわれ他県の警察の者が前に電話して話を聞き、こんどは訪ねてゆく理由が古賀には分らないでしょう」

門野も首を捻《ひね》っていた。

「そうですな。どうも切り出しがむつかしい。が、まあ、古賀に会って様子を見ながら出たとこ勝負であたってみますか」

越智にもいい知恵はなかったようだが、それを工夫するように下をむいて脚を運んでいた。

独身寮の階段を色の黒い古賀吾市は眼をこすりながら降りてきた。ジャンパーもズボンも、訪問者の知らせを寮の管理人から聞いて、いま着けたばかりのようであった。済州島沖の漁業から帰港した漁船を上って昼寝していたらしかった。

古賀吾市は、二人が立っているのを見ると、やはりおどろいた顔をした。初対面だが、前に電話で、下坂一夫が去年の十月二十八日夜「海峡文学」の編集会議を唐津市の彼の父親の家でひらいたとき、あなたも同席していたそうだが、たしかにそうだったかと確認を求めた四国の警察官を、この二人づれだと直感したようだった。

越智と門野とは手帳を古賀に見せた。

「下坂君のことで、何か起りましたか?」

古賀吾市は電話のことを思い出してかすぐにきいた。

「いや、たいしたことではありません。ご心配になるようなことではないのですが、この前の電話ではちょっと用が足りないので、こんどは直接にお会いしてお話をうかがえたら、と思いましてね」

越智が眼を小さくし、やさしい声で、どうもお疲れでお寝《やす》みのところを起して申し訳ありませんと謝った。

古賀吾市はいくらか安心したようで、自分の部屋はきたなくて、とてもお通しできないから、バス停の前にある喫茶店に行きましょうと佐賀弁で云った。彼の身体《からだ》からは魚の臭《にお》いが漂い出ていた。

せまくて暗い喫茶店だったが、都合よくほかに客はいなかった。

「済州島沖まで出漁なさるのは、さぞかし豪快な漁でしょうな?」

越智が好奇心に輝いた眼でき、自分などはおだやかな瀬戸内海の磯釣りがせいぜいだと世馴《よな》れた調子で云った。

古賀吾市は韓国の警備艇がじっと坐《すわ》っている済州島沖での冒険的な操業と、魚の種類や水揚げ量、暴風《しけ》のときの玄界灘の波浪の高さなど、問われるままに語ったが、そんな話に気分はよほどほぐれたものの、肝腎《かんじん》な質問がくるのを気にして待っているふうだった。

「実は」

越智は門野と眼を合わせてから古賀吾市にきり出した。

「下坂一夫さんにちょっと困った問題がおこりましてね。いや、われわれはそのためにこっちに出張したのではなく、別の事件の捜査が目的できたのですが、ま、近いからついでに寄って事情を調査してくれという上司の命令でやっているわけです。それで、あなたからもお話を少し聞こうと思って、この前の電話だけでなく、こんどはお会いしたかったのです」

「下坂君はどげな問題ば起したとですか？」

古賀吾市は、先刻見せられた警察手帳が眼に残っているような顔で問い返した。

「盗用問題です」

「盗用？」

古賀吾市は、まだピンとこないようであった。

「下坂さんが『海峡文学』にのせて、その一部が『文芸界』に転載されて評判になった『野草』という小説ですがね。あの『文芸界』に引用された部分が、そっくり今年の春ごろに亡《な》くなった作家の小寺康司さんの小説にあるものからの無断引用だというんです」

古賀吾市の顔にはじめて愕《おどろ》きの表情が火を付けたように現われた。

「小寺康司氏の？」

古賀吾市は眼をひろげたまま越智の顔を見つめた。

「そうなんです。小寺さんの遺族が著作権侵害の疑いがあるから調べてほしいと東京の警視庁にうったえ出ているのです」

東京の警視庁に出された小寺康司の遺族からのうったえが、どうして四国の県警にまわってきたか、そのへんの不審が古賀吾市には起らぬようだった。彼は、ただ下坂一夫のあの評判作が小寺康司の小説からの盗用というのに衝撃をうけていた。

「あなたは、今年の二月ごろに、小寺康司さんが、この先の千鳥旅館に十日ばかり滞在していたのを知っていますか？」

越智が訊《き》いた。

「あとで聞きました。ばってん、その滞在中は知りませんでした。あとで聞いて、そんな有名な小説家が十日間も千鳥旅館に居《お》んしゃったら、ちかっとでも会いに行けばよかったやなと思いました」

「小寺さんが千鳥旅館に滞在していたことをだれから聞きましたか？」

「千鳥旅館に居った信子という女中からです。信子はもうやめとりますが」

古賀吾市は信子の失踪《しっそう》も、それに殺害された懸念《けねん》がかかっていることも、まったく知っていなかった。

「われわれも千鳥旅館に行って、その信子さんというのが小寺康司さんの係女中だったというのを聞きました」

越智はうなずいて云《い》った。

「……ところで、小寺氏が千鳥旅館に滞在中、下坂君が小寺氏を訪ねて行ったという話を下坂君から聞きませんでしたか？」

「いえ、そげな話は聞いとりません」

「そうでしょうね。千鳥旅館の人たちも下坂君が来たとは云っていませんから。いや、それどころか、旅館の人たちは、あそこのマネージャーも梅子さんと安子さんという女中も、下坂一夫君の名前も知っていませんでしたよ。本人を見たこともないらしいですね？」

「下坂君は、この坊城には来んやったですもんね。千鳥旅館に行ったこともなかはずです」

「ところが、小寺さんの遺族のうったえだと、下坂君の書いた『野草』のなかの文章は、完全に小寺さんの書いた原稿をそのまま取っているというのです。それがどうして分るかというと、小寺さんが二月に九州に旅行する前に、書き出しのところを原稿用紙十枚ぐらいノートにメモして書いていた。それが証拠だというんです」

越智はここで虚言をいった。いまはそう云わないと古賀吾市の口から話の引出しができなかった。

「そりゃ、意外ですなァ」

古賀吾市は、すぐには信じられないというように眼を瞬かせた。

「小寺氏はそのノートは旅行に持って行かなかったけれど、その文章が頭にあるので、九州の旅行先で書いたのは確実だといっているのです。遺族は小寺氏がこの坊城町の千鳥旅館に滞在していたことも、東京に帰った小寺氏の口から聞いているのですよ」

「そうすると、小寺さんが千鳥旅館で書いた原稿はどげなふうになっとるとでしょうか？」

古賀吾市はさすがに当然の疑問を忘れなかった。下坂一夫が小寺康司の文章を自作に盗用したのならば、千鳥旅館で書いたという原稿の行方が問題になってくる。その小説は活字になって発表されてはいないのである。

「さあ、そのへんが、どうも分らないのですがねえ」

越智は安物のクロースがかかっているテーブルに肘《ひじ》をついて、頭を抱えてみせた。

門野は煙草《たばこ》を吸い、眼を半分閉じていた。

「小寺氏が千鳥旅館で書いたその原稿はどこへ行ったか分らない。梅子さんや安子さんに聞くと、小寺氏は滞在中に小説が書けなくて、原稿を片端から裂いたり破ったりしていたそうです。そうすると、遺族が主張するように、下坂君の小説にそれが盗用されているとすると、理屈から云えば、その原稿だけは破られずに下坂君の手に渡ったということになりますがね」

「そげなバカなことはありませんばな。小寺氏は下坂君とは会ったことも話したこともなかです。下坂君は千鳥旅館に行ったこともなかです。そいが、どがんして小寺さんが下坂君に原稿ば渡しますか？」

古賀吾市は烈《はげ》しい口ぶりで云った。佐賀弁でそれを聞くと喧嘩を吹きかけられているようだった。

「そうです。そのとおりです。それでわれわれも頭が痛いのです」

「下坂君が霊力のようなものば持っていて、小寺さんの書きんしゃった原稿ば、宇宙中継のごと離れたところから、すうっと読みとるとでしたら、話は別ですばってんね」

古賀吾市は、信じられない話を聞かされて、はじめて余裕を持ったように笑った。

「うん、うん。なるほど、霊力で宇宙中継をね」

越智もおかしそうにいっしょに口を開けたが、下坂一夫の霊力は真野信子を自分のものにしたことであり、その霊力的な宇宙中継は彼女がその役にあたったのだと思った。

「しかし、そのへんの事情は、小寺さんの係女中だった信子さんに聞いてみたら、少しは様子が知れるかもわかりませんね？」

「信子さんはあの旅館を今年の八月にやめて大阪に行っとりますけん、ここでは話が聞けません。……ばってん、そげな様子が信子さんに分っとるとでしたら、信子さんはぼくに話ばしてくれたはずです。そげんことはいちども彼女から聞いとりません」

「あなたは、信子さんとはそんなふうに仲がよかったのですか？」

越智はすかさず訊いた。ようやく質問の糸口がみつかった。

古賀吾市は照れ臭そうな表情になった。眼蓋《まぶた》を赭《あか》らめたかもしれないが、汐風に灼《や》けた彼の赤銅《しやくどう》色の顔ではその弁別がつかなかった。

「まあ、わりと話の合うたほうかもしれません」

吾市の声は少し低くなったが、それにはうれしげな調子がふくまれていた。

「それは小説というか文学の話ですか？」

越智は雑談ふうに仕向けた。

「まあ、小説の話ですな。信子はよう小説ば読んどりましたけんな」

「こっちの本屋には文芸雑誌が来ているんですか？」

「田舎ですけん、そげなものは本屋もあんまり置いとらんです。信子は町の貸本屋から小説ば借りて読んどったようでした」

「どういう作家のを好んでいましたか？」

「林芙美子《ふみこ》なんかが好きなようでしたな。『放浪記』の話ばようしとりました」

「やっぱりね。林芙美子の若かったころの境遇と似ているためかもしれませんな。それじゃ、あなたがたのやっておられた同人雑誌の『海峡文学』の作風には、信子さんはあまりなじめなかったんじゃないですか？」

「そんなこともなかです」

「信子さんは『海峡文学』を読んでいましたか？」

「ぼくが貸してあげたが、作品の感想はあんまり云いよりませんでしたな。それよりも、ぼくが同人の話ばすると、それば面白がって聞いとりましたな」

「そのなかでも、だれのことを？」

「下坂君のことなんかは、話として信子は興味をもって聞いとったようです」

「ほう。下坂君のことをねえ？」

喫茶店の表からはバスが発着するたびにエンジンの音や人声が騒々しく聞えた。

「ばってん、そりゃ信子が下坂君を知っとらんから彼の話に興味をもったのです。見たことも会ったこともなかですけんね。下坂君は『海峡文学』の主宰者みたいな存在ですけん、だれでんが彼の話ば聞きたかでしょうね」

古賀吾市は、とかく信子と下坂一夫とを結びつけたがっているらしい四国からきた捜査員の偏見を解くようにいった。

「そりゃ、そうでしょうな。で、あなたは、下坂君のどういうようなところを信子さんに話してあげましたか?」

「どういうところというても、やっぱり人間の興味はその私生活ですたい。下坂君が唐津から博多のバアによう飲みに出かけとった話なんかは、信子も面白がって聞いとりました」

信子はそれを面白がって聞いていたわけではあるまい。下坂一夫が博多のバアに通うのを気にしていたのだ。彼の素行を第三者から聞くにはこの古賀吾市しかいないのだ。いわば古賀から下坂一夫に関する情報を何げなく取っていたのだろう。そのために信子は古賀が千鳥旅館に遊びにくるのを歓迎していた。それを古賀吾市のほうで彼女も自分に好意を持っていると錯覚していたのである。

「下坂君が通いつけていた博多のバアにいた女性が、下坂君のいまの奥さんですね？」

「そうです。景子さんです」

越智は派手な妊婦服をきた色白の妻を眼に浮べていた。都会風で、強気そうな女だった。東京からきたと云っていた。

「あなたは、信子さんに下坂君の好きな女性がその博多のバアに居ると話しましたか？」

「いいえ、そげなことば、ぼくが云うもんですか。なんぼ私生活の話が面白かというても、女のことは云いませんばんた。そこは友だちに対する仁義ですたい」

古賀吾市は語気を強めて云った。

だが、船員は捜査員の質問がとぎれると、顔を下にむけ、頭をかかえたように呟《つぶや》いた。

「けど、困ったですな。下坂君にそげな盗用問題が起ったというのはですな。もちろん誤解か、そうでなかったら云いがかりでしょうが、そのことがわかるまでは、下坂君にはマイナスになりますな。……警部補さん。その盗用問題は大きくなりそうですか？　週刊誌などに出て、いっぺんに噂《うわさ》がひろがるようなことはなかですか？」

「まあ、当分のあいだは大丈夫と思いますがね。しかし、問題がこじれると、どうなるかわかりませんね」

「真偽がはっきりと分るまでは、噂はとかく面白かほうへ突走りますけんな。困ったな、せっかく福岡のほうでも下坂君の人気が上っているときに、そいがいっぺんに落ちてしまうかわからんな。彼はもう地元の著名人になっとるとですけんな。その人気のもとになった彼の作品の『野草』のなかで、いちばんよかところが盗用だと騒がれると、えらいことになりますな。筑紫《つくし》文化人連盟会長先生の主催で、みんなして下坂君のお祝いに、針江《はりえ》から鐘崎の海岸ばバスでドライブばしたことも、こうなると少し騒ぎ過ぎじゃったかもわかりませんな」

古賀吾市はしきりと下坂一夫の身を心配していった。

「針江？」

越智は、前にどこかで聞いた名前だと思った。

「博多の東にあたって響灘《ひびきなだ》につき出た半島の海岸ですたい。ほら、この前、警部補さんには、下坂君を祝うバス旅行会が催されて、東にあたる海岸でバス二台の参加者が二合瓶《びん》で乾杯ばしたり、仕出し弁当ば食べたりしたと云ったでしょう。あれです。針江はその海岸の漁港町ですたい」

また表にバスが着いた。車をバックさせるためのあわただしい笛が聞えていた。

針江。——

越智はやっと思い出した。どこで、だれに聞いたかを。

傍の門野のほうを見ると、彼も記憶を戻したような顔だった。

「針江というのは、下坂さんの奥さんの叔母さん夫婦の家があるところじゃありませんか？」

越智は古賀吾市に云った。

「あ、よく知っとられますな」

古賀吾市はちょっとおどろいたように眼をみはった。

「博多の下坂君のアパートへうかがったとき、奥さんから聞いたんです」

越智はそのときの問答も思い出していた。

——奥さんは東京弁のようですけど、東京のお方ですか？

——ええ。東京からこっちに参りましたの。叔母がこの東の海岸にある針江というところに住んでいますので。

——はあ、さよで。

「そうですよ。景子さんの叔母さんはその針江に住んでいて、景子さんが博多に出てくる前は、その叔母さんの家に居たことがあるそうです」

　古賀吾市は云った。

「そうすると、針江の海岸をバスドライブするというのは、下坂君の希望だったわけですね？　奥さんの叔母さんの家があるというので？」

　越智は、当然のこととして聞いた。

「いや、ところがそうじゃなかです。その海岸のバスドライブは筑紫文化人連盟会長の発案でした。下坂君は、そのバスドライブにいやいやながらついて行ったようでした。なにぶん自分を祝ってくれる会ですけん、気乗りせんでも、いっしょに行くのが仕方なかふうでした」

「おや、それはどういうわけですか？　いやいやながら行ったとか仕方なしに行ったとかいうのは？」

「さあ。ぼくにはよくわかりません」

「だって、針江は奥さんの叔母さんの家、いわば実家みたいなのがあるのと同じでしょう？　そこへ行くのだから下坂さんが気乗りしないはずはないと思いますがねえ？」

「どういうものか彼は針江に行くのがあんまり好きじゃなかふうでしたな。針江を通るとき、バスの窓から織幡《おりはた》神社の屋根が見えとりましたが、その神官がその叔母さんのご主人ですたい。それで、バスが博多に戻ったとき、ぼくは下坂君のアパートに寄りましたが、そんときも、どうして叔母さんの家に寄ってくれなかったかというて下坂君は景子さんにうらまれとりました」

たぶん、古賀吾市の頭には次のような記憶が残っているにちがいなかった。

——あなたは、叔母さんとこには寄ってくださらなかったんですか？

——うむ。やっぱり時間がなかった。バスがさっと走って通りすぎたもんじゃから。

そのときの景子の不服そうな眼も吾市の記憶にはあったであろう。

「うむ。下坂君は、どうして針江に行きたがらないんだろうな？」

越智は古賀吾市の顔をじっと見た。

「さあ。それはやはりぼくには分りません。ばってん、気乗りせんとこへ行ったせいか、下坂君は、どこか不機嫌でしたな」

「自分のお祝いのために集まった人のバスドライブなのに？」

「そうですたい。ぼくもそう思いますばってんね。なにか彼はイライラしとりましたな。たとえば、途中でバスば降りて、海の見えるよか景色の岩場んとこで、みんなで弁当ば食べとるときに、犬が一頭きよってうろうろしとりました。すると、下坂君はいきなり石ばつかんで犬へ投げつけとりました」

「犬？」

「小さか犬です。あげなふうに一生懸命になって石ば投げんでもよかと思うのに、下坂君はその犬がびっこをひいて啼《な》きながら逃げて行くと、まだ追っかけるように石ばつづけて投げとりました。あのときばかりは、ちょっと変っとりましたな」

「その犬は何犬でしたか？」

「芝犬でした」

「なに、芝犬？」

越智と門野とは顔を見合せた。

「うす茶色の毛ばしとりました。あれはどこか近くの飼犬でしたな。下坂君の石が当らんでも、はじめから右の前脚ば少しあげて、びっこばひいとりました。怪我《けが》ばしとったんでしょうな。……そういえば、犬は針江の町のほうさには行かんで、うしろの山のほうについとる道ば逃げて行っとりましたな。山の向う側にある村の家の飼犬かもわかりませんな」

表ではバスが出るらしく、ピ、ピ、ピと笛が鳴っていた。

21

「芝犬？」

香春《かわら》銀作は佐賀県坊城町の郵便局からの越智《おち》の電話報告に、芝犬が出たので、どきりとした。

しかし、これは戸倉の殺人事件に出てくる芝犬とは関係がない。一方は九州の犬、こっちは四国の犬であった。あったというのは、戸倉の未亡人殺しの犯人末田三郎（本年七月中旬、尾道市内で交通事故により死亡）の愛犬は、川の底から骨になって引き上げられたからである。

だが、福岡県の針江と鐘崎の間の海岸地に現われたのも、同じうす茶色の芝犬だったという。

うす茶色の毛をもった芝犬は全国に何十万頭もいるだろう。そんなのがどこに現われようとふしぎはない。ふしぎなのは、その芝犬に異常なほどに石を投げた下坂一夫の行動だった。下坂は苛々《いらいら》していた。何が下坂の神経に障《さわ》ったのか。犬か。

下坂一夫は、針江方面に行くのに気乗りがしなかったという。妻の叔母夫婦の家がそこにあって、妻に頼まれたがそこに立ち寄ることをしなかった。

何だろう。下坂はどうして針江方面に行くのをきらったのか。芝犬が神経に障ったのも、気に入らない土地に連れてこられた不機嫌からであろう。バス旅行は彼のためのお祝いだから拒絶できなかった。が、そのことは彼にとって強制的になったのだろう。これが、ほかの土地だったら、下坂一夫も上機嫌で行ったかもしれない。なにしろお祝いの会の主賓なのだ。

「下坂が結婚したのは、今年の九月だったね？」

香春課長は電話の越智にたしかめた。

「そうです。……もう相手が妊娠してから結婚したのです」

真野信子が大阪に行くと云《い》って消えたのは八月だった。

「越智君。坊城の町から引きあげてくれ。今夜は福岡市内にでも泊って、明日は針江に行くのだ」

「はあ」

「針江にいる下坂の細君の叔母夫婦に会ってね、結婚してから下坂が叔母の家に来たかどうかを聞いてもらいたい。その叔母のつれあいはどういう仕事をしているのか？漁業か、それとも農業か？」

「なんでも織幡《おりはた》神社というお宮さんの神主だということです」

「神官か。それなら正直に云ってくれるだろうね」

「神主に会って、その話を聞いて、それからどうしますか？」

「その報告を聞いたときに指示する。君の電話は明日の午《ひる》ごろになるだろうね。それまでに、君と門野君にどういう行動をとってもらうか、ぼくも考えておく」

「わかりました」

「おい、健康のほうは大丈夫かね？」

「大丈夫です」

健康的な笑いを受話器に送って越智の電話は切れた。

下坂一夫は、どうして針江が嫌いなのか。べつに女房の叔母夫婦と喧嘩《けんか》しているわけでもなさそうなのに、何故《なぜ》だろうか。

「福岡県の地図を図書室から借りてきてくれ」

課員が持ってきた福岡県の地図を香春は机の上にひろげた。

越智の話で、だいたいの見当をつけていたので、針江は早く見つかった。福岡市から東北にあたって、地形が海のほうにせり出している。そのまん中あたりの突端に二つの島が浮んでいた。大きいのが大島、小さいのが地ノ島。それにむかってつき出ている岬《みさき》が鐘崎であった。ここを境にして西が玄界灘《げんかいなだ》、東が響灘と活字がなっている。

鐘崎から東に指を少しすべらせたところに「針江」の活字があった。下坂一夫の文学的前途を祝うバス旅行の会が、昼食をとったのはこの中間というから、ここだなと思って香春は、その小部分を見つめた。

その海岸線は南からの山塊がせり出していた。中心は五百メートルの山だ。なるほど海に沿って道路がついている。このへんで一行はバスから降りて弁当を食べたのだな。芝犬はそこにあらわれた。

だが、越智が聞いた古賀吾市の話によると、犬はその道路を針江のほうにも鐘崎のほうにも逃げなかった。海岸とは反対の山のほうへ走ったという。たしかに山の南には小さな集落が散在している。芝犬はそこから海岸に遊びにきていたものか。

福岡・北九州間の鹿児島本線は、その海岸線や山地帯より南のほうを走っている。国道3号線がこの鉄道に沿っている。

鐘崎に行くには赤間駅の前から北への道路がついていた。針江に行くには、東へもう一つ先の海老津《えびつ》駅の前から北への道路がついている。この二つの道路の延長線が海岸の道路になるのだ。

しかし、山地帯の村落に入るもう一つの小さな道路があった。鹿児島本線と伴走する国道3号線が、鉄道トンネルにさしかかる地点からその狭い道路は岐《わか》れていた。

越智と門野は博多に泊ると、あくる朝八時にはタクシーで針江にむかった。列車だと海老津駅で降りるが、そこにはタクシー会社がないという。海老津から海岸側の針江までは十三キロくらいある。バスも出ているが、本数が少ないらしかった。運転手はもとより両人が警察の者とは知らなかった。国道3号線を東に運転しながら沿道の説明をしてくれた。他県から来た客だということは二人の言葉でわかるらしい。四国訛《なまり》の抑揚は関西弁に似ている。

「ここが東郷ですたい。宗像《むなかた》神社はここから三キロばかり北のほうにありますやな」

「ああ、そうか。古事記に出てくる三柱の女神をお祀《まつ》りしているお宮さんですね」

越智が運転手の相手になっていた。あんまり無愛想でもいられない。これから先、順次第によってはどんな無理な注文を出すか分らなかった。門野は地図をひろげて、順路の通過地点を赤鉛筆でチェックしていた。

赤間の町を過ぎた。国道は上り勾配《こうばい》になる。あたりは山だった。林は葉を落し、草も芒《すすき》も枯れた黄色い景色だった。

「運転手さん。あの山は高いようだが、何という名ですか？」

越智が窓の左側をさした。丘陵の向うにいちだんともり上った山があり、頂上が三角形になっていた。

「あいは、橋倉山ですばい。このへんでいちばん高かです」

運転手は左に眼をちらりと流して云った。

「あの山の向うが海になるんですか？」

「そうです。響灘になります。いま通りすぎた赤間から北へ行ったところが鐘崎です。夏は海水浴場ですが、秋は磯釣りによかとこです」

「ああ、鐘崎はさっき通りすぎた町から行くのですか。そうすると鐘崎から針江に行く海岸は、あの高い山の向う側になるんですね」

「そうです。針江には赤間から鐘崎まわりでも行けんことはなかですが、こっちの国道を通って海老津から入ってゆくとが道路のよかです」

「鐘崎から針江に行く海岸の道路は悪いですか？」

「いや、このごろは舗装になって立派な道になりました。ばってん、やっぱり狭かうえに、ぐるぐるとカーブの多うして、時間のかかりますやな。そのかわり海の景色がよかです。帰りにはその道を針江から鐘崎さへ出てみましょうか？」

「そうだな。都合によってはね」

その海岸の道路は下坂一夫を祝う会のバスが走り、途中で皆が弁当の昼食をとったところだった。やはり、一応は見ておく必要があろう。

「ここから先の国道は峠になって、海老津トンネルの上になります」

運転手が説明したとき、越智が左側に眼をとめて云った。

「運転手さん。ここから山のほうに入って行く道がついていますね？」

「ああ、あいは菅原のほうさ行く道です。山の中についている狭か道路ですたい」

スピードを落さなかったので、その道路の入口はたちまち後方へ逃げ去った。

「菅原というのかね。戸数はどのくらい？」

「小さか集落ですけん、まあ四、五十戸もありますかな。みんな農業です。このごろはミカン畑ばつくっとるようですなァ」

低い峠を下りると海老津。駅は右の高所にある。ここで国道と別れ、左の県道へハンドルを切った。県道の入口に立っている鳥居の下を車はくぐった。

「いまの鳥居が織幡神社のですか？」

「さあ。どげんですかな。そうかもしれませんなァ」

運転手は宮地《みやじ》嶽《だけ》神社や宗像神社のことには通じていたが、織幡神社には詳しくなかった。

二十分ばかりして針江に来た。それまでのうら枯れた田の風景が松原を過ぎるとにわかにひろい海となった。響灘の色は黒っぽいくらいに蒼《あお》く、雲一つない空から吹きおろす強い風に波が荒れていた。防波堤には白い滝が上っていた。仕事を休んだ漁船が囲いの中に集まっていた。寒風を避けて戸をわずかしか開けてない家々が道の片側にならんでいた。

「へえ、あいが織幡神社ですか。こっちのほうはあんまり来たことのなかですもんね」

運転手は斜面の松林の上に千木《ちぎ》をつけた茶色の屋根がのぞくのを見上げて云った。

越智と門野とはその急な、古い石段をのぼった。

上り切った境内は、だれも居らず森閑としていた。松木立の間から下の海が洩《も》れていた。神社の建物も朽ちかけたような古色だが、横の小さな社務所も立ち腐れしたような古さであった。表の戸は閉まっていた。

「社務所までおいでになったとは恐縮です」

高等学校の応接間で、織幡神社の神官は頭をさげて挨拶《あいさつ》した。神官はこの高校で国語を教えている。越智と門野は神社の石段を下りた角の家で聞いて判《わか》り、ここに訪ねてきた。両人は肩書のついた名刺を出していた。

これは決して下坂一夫夫妻には関係のない事件の捜査だと景子の叔母のつれあいに説明するのに、四国の警察官は苦労した。或《あ》る事件の捜査をわきから固めるために参考としてお話をうかがいたいというのが、こうした場合の捜査員の慣例的な理由であった。

「下坂君は景子と結婚してからいちどもわたしの家に訪ねて来ませんなあ」

短い白髪が黒い顔によく映える五十すぎの男は、微笑はしているが、不愉快そうな皺《しわ》をかくさないままに答えた。

「どうしてでしょうね？」

いい感情をもっていない義理の姪《めい》の亭主を庇《かば》う気持がないとみてとって、越智もかなり遠慮せずに聞けた。

「さあ。わたしらのような年寄り夫婦のところに遊びに来ても、若い者は面白うなかけんじゃないですかな」

「しかし、それが礼儀でしょう。義理でも下坂さんは来ないといけないはずですがね」

「だいたい景子が下坂君といっしょになるのに、わたしらには相談がなかったですもんね。まあ、好いた者どうしだし、景子も妊娠していたから、わたしらに打ち明けるのに遠慮もあったでしょうが、こっちは結婚式にはちゃんと唐津まで出かけて義理ばつくしとるとです」

「景子さんも叔父さんとこにくるのが気乗りしないのですか？」

「いや、彼女《あれ》はそれほどでもないと思います。けど、お腹《なか》が大きくなっておりますのでな。来たくても本人は来れないのでしょうな」

「十一月初め、下坂さんが博多の皆さんとこの針江の海岸をバスで通ったときも、寄りませんでしたか？」

「その話は、あとで景子から来た手紙で知りました。その手紙で景子は言い訳ば書いとったですが、やっぱり家内は釈然としてませんでしたな。まあ、女のひがみもありましてな」

「ひがみといいますと？」

「下坂君の家は唐津の大きな陶器店ですけんな。お金があります。下坂君も博多で、親御さんの資金でその支店ば目抜きの場所に出すとかで、だいぶん景気のよか模様です。わたしらのほうは、ごらんのように貧乏教師に田舎の神官ですけんな。ま、家内はそんなひがみも下坂君には持っておるようです」

義理の叔父は苦い微笑をみせた。

「開店準備で、下坂さんも忙しいということもあるでしょうがね」

「景子の言い訳もそれですが、どげん忙しかというても、博多から此処《ここ》までは車で一時間半かそこらです。その気になればいつでんが来れるはずです。けど、気のすまない者にぜひとも来いというのは無理ですけんな。そのかわり、わたしらも博多へ行っても下坂君のところには寄らんつもりです」

腹を立てている語気が洩れた。

「下坂君は、この針江には以前も一度も来たことはないのですか?」

「いや、そんなことはなかでしょう。唐津での結婚式のとき、下坂君の兄さんが針江には以前に弟の一夫と一、二度行ったことがあるし、二年前もやはり一夫と通ったことがあると云《い》うてましたから」

香春課長からの指示は、下坂一夫が結婚後、針江の叔父夫婦の家に行っているかどうかの確認だったので、越智と門野の訪問の目的はこれで終った。

「下坂君が、わたしらの家に来たかどうかということが、ほかの事件捜査にそんなに参考になるのですかねえ?」

越智たちが礼を述べてイスから立ち上ったとき、神官はやはり眉《まゆ》を寄せて質問した。もっともな不審だった。

「参考になります。どういうわけかということは、捜査の秘密にわたるので申し上げかねますが。……おゆるしください」

越智は頭を何度もさげた。

下坂景子の義理の叔父は、二人を高校の玄関先まで見送りに出た。神官は痩《や》せて強い風になよなよとしてみえた。学校は針江の漁師町から少し離れたところにあった。海も山も見えた。山の端が海ぎわに逼《せま》り、そこから道路が曲って消えていた。

「鐘崎へ行く道は、あれですね？」

越智は眺望を指してきいた。

「そうです。ここから鐘崎までが約十五キロです。途中の海の景色がよかです」

その途中の絶佳な景色のなかで、下坂一夫が古賀吾市やバスの一同といっしょに仕出しの弁当を食べ、迷いこんできた芝犬を石で撃ったことは義理の叔父も知らないであろう。

「あ、あそこにそびえているのが橋倉山ですね？」

越智は左のほうをさした。重なり合った丘陵の上に、三角形の頂上が出ていた。国道3号線側から見たのとは少し形が違っていた。

「そうです。よくご存知ですな」

「さっき、タクシーの運転手に教えてもらいました。あの山は標高どのくらいですか?」

「五百メートルくらいです。海岸に近いのと、ほかの山塊が低いのとで、あのとおり高く見えます」

「あの山は、どこからでも見えるのですか?」

「たいていの場所から見えますな。ああいうかたちの山は、神奈備《かんなび》型と申しましてな。大和《やまと》の三輪《みわ》山のように独立した峰のごとにみえます。あの橋倉山も三輪山に似ておるでしょう? 頂上が神の宿る神籬《ひもろぎ》とされとります。織幡《おりはた》神社は、あのお山がずっと沖合いの船から拝まれるという意味で、この針江の海岸に建立《こんりゆう》されとるとです」

「ああ、なるほど。そういう由緒《ゆいしょ》からですか」

「そんなわけですので、あの橋倉山の南側山麓《さんろく》にも、織幡社ば祀《まつ》っております。いまは、小さな祠堂《ほこら》ですが。人里からはなれた清浄な山の中に、ぽつんと建ててあります」

「ああ、そうですか」

越智は神奈備型の橋倉山に眼を凝らした。南麓はここからは見えない。まして清浄な山中にある織幡社の小さな祠堂のあたりで、この真夏の八月にどのようなことが行なわれたか分る道理もなかった。

――松林のなかの小さな祠堂の傍には古い御影石《みかげいし》の石柱があり、「織幡宮」の陰刻が風化して苔《こけ》を生やしているはずだった。

――まあ、こげなところで？

下坂一夫に手をとられて夏草の茂る中に連れこまれる真野信子の赧《あか》らめた頬と弾む言葉とは、生存している一人を除いて、この世の誰も知らぬ。――

「橋倉山の南麓というのが、菅原の集落になるのですね？」

越智は織幡神社の神官にきいた。

「そうです、そうです」

神官はうなずいた。よく知っているなといった顔だった。

「その集落に入るのは、どの道を行ったらいいのですか？」

「少しあとがえりされて、松原のほうから山手のほうへ道がついております。狭か道ですが」

「それが国道3号線へ通っているのですね。国道の峠より少し西へ寄ったところに？」

「そうです。やっぱり、よくご存知ですね？」

「なに、こっちにくるとき、タクシーの中から、ちらっと眺めて見当をつけただけですよ。見当といえば、ここから鐘崎へ行く途中からも菅原の集落へ出る道がありそうですね？」

「いや、そういう道はありません。山の中ですけん。もっとも、人間ひとりが通るくらいの小径《こみち》はあるようですがね」

「その小径を通ると、海岸から菅原まではどのくらいの距離ですか？」

「その小径だと直線コースになりますけん、二キロそこそこじゃなかですかね。でも、山越えになりますけんな。歩くとなるとおおごとでしょう。わたしもまだそこへ行ったことのなかです」

「はあ、そうですか。……あの、ときに、つかぬことをおたずねしますが、この針江に芝犬を飼っている家はありませんか？」

「芝犬？」

唐突な質問に彼は瞬間とまどったようだが、そういう家はないとはっきりと答えた。

「これだけの家しかなか土地ですけんな、芝犬を飼っておればすぐにわかりますたい。

わたしは神官もしておるし、高校の教師もしとりますけん、この針江の一軒一軒についてよう知っとります。芝犬ば持っとる家は一軒もなかです」

タクシーは神官の教えたとおりに松原のほうに引返し、そこから山の間に入った。舗装路はすぐに切れて、赤土の山道となった。

「判りかけてきたような気がするなァ」

越智は車の中で門野に云った。運転手の耳があるので、余計なことは口に出せなかった。

「これからが勝負だね」

と、門野も云った。彼は地図を手ばなさなかった。

赤土と石ころの山道に運転手は悩んでいたが、やがてそれが下り坂となり、再び舗装路になると、もう菅原が近いです、と座席の客二人に告げた。

22

菅原の集落はせまい盆地につくられている。まわりは丘陵が波打っていたが、そのふちに農家が小さく集って点在していた。切株ばかりの田の畔《あぜ》には稲刈機の壊れたのが置いてあった。三輪山型の橋倉山は位置を変えて北側に大きく姿を見せていた。

「ここからだと、あの山もずいぶん近いんだな」

「うむ。近いと低く見えるね」

道路の行く手に、家が集っていた。

「お客さん。菅原はどこに着けたらよかですか?」

運転手が速度を落してふり返った。

「まず、駐在所へ行ってほしいな」

駐在所は県道と村道とが交差した角にあった。その屋根の上には、傍の樟《くすのき》が枝をひろげていた。

「芝犬を飼っている家ですか」

耳のわきに白い髪が目立っている四十すぎの駐在巡査は、四国から来た捜査員二人の警察手帳を見たうえで、肥《ふと》った顎《あご》に指を当てた。が、思案はそれほど長くはかからなかった。

「そりゃ、おサクさんの飼犬がそうですね。あれがたしか芝犬です。耳がぴんと立って、利口そうな眼をした、うす茶色の、大きくない犬ですが。おサクさんがとても可《か》愛《わい》がっている犬です」

益田《ますだ》サク。三十五歳。当村菅原地区一七ノ三。農業。寡婦《かふ》。

ただ芝犬というだけでは困る。下坂一夫の文学的前途を激励するバス団体の一行が、針江と鐘崎の間の海岸で昼弁当を食べているとき、下坂が石を投げつけた犬には特徴があった。

――下坂君の石が当らんでも、はじめから右の前脚ば少しあげて、びっこばひいとりました。怪我《けが》ばしとったんでしょうな。

「さあ。おサクさんの飼犬が怪我ばしてびっこをひいとったかどうか自分にはようわからんですな。おサクさんの家はすぐそこです」

駐在巡査は手を挙げて示した。指先の方向には、防風林にかこまれた農家のトタン屋根が冬の弱い陽に鈍く光っていた。

越智《おち》と門野はタクシーを村道に二分ほど走らせた。車の停った音に、家の中から若い女が姿を出して、車を降りた二人が歩いてくるのをじっと見ていた。せまい濠《ほり》にかかった小さな橋を渡ると農家の前庭だった。左右と家の背後に杉と雑木林があった。

越智が身分を云《い》うと、女は頭の手拭《てぬぐ》いをとった。二十二、三くらいの女だった。益田サクの義妹であった。

「それはウチの芝犬のタロです。たしか車に刎《は》ねられて右の前脚の骨がどうかなって、長いあいだびっこばひいとりました。いまは癒《なお》っとりますが」

セーターにズボン、その上に桃色の格子縞《こうしじま》のエプロンをつけた若い女は云った。前庭には蓆《むしろ》が敷かれ、この秋に穫《と》れた米が乾《ほ》してあった。農家では供出米は乾燥機にかけるが、自家米は昔どおりに天日《てんぴ》に乾かす。そのほうがおいしい。

「タロが車に刎ねられたのはいつですか？」

「八月ごろです。タロが表に走り出たところを通りがかった車に刎ねられたというて、義姉《あね》がだいぶん心配ばしとりました」

「あなたはそのとき見ておられなかったのですか？」

「田のほうへ出て留守ばしとりました。帰ってきてから、義姉の話ば聞いたとです。車はとまって、中から運転しとった若か男の人が降りて謝ったので、こらえて（勘弁して）やったと義姉は云うとりました」

「運転していた男が降りてきたんですね。すると、お姉さんはその若い男の顔をよく見ているわけですね？」

「そうです。それはそれに違いありません」

「お姉さんは、いま、お宅に居られますか？」

「居ります。風邪ば引いて寝とりますが、起きられんことはなかですけん、縁側まで呼びましょう」

「大丈夫ですか、お風邪をひかれているのに。なんでしたら、ぼくらが上にあげさせてもらい、寝ておられる座敷にうかがってもいいのですが」

「もう癒りかげんですけん、起してもよかです」

義妹は暗い入口の中に引込んで行った。

横手の納屋《なや》から鶏が騒いで逃げた。うす茶色の犬が走ってくると、二人の前に前脚を踏ん張って、うるさく吠《ほ》え立てた。

「タロ、タロ」

門野が片手を出して呼ぶと、芝犬は敏捷《びんしょう》にあと退《ずさ》りしたり前に出たり、くるりと回ったりして、よけいに吠え立てた。

「よし、よし。タロ、タロ」

門野は手なずけようとした。

「もう、右の前脚は普通になっているね」

犬を見つめていた越智が云った。

「まだ少しびっこのようですが、だいたい癒っているようですね」

門野もうなずいた。

「八月に車に刎ねられて四カ月くらい経《た》っていますからね。軽い骨折なら癒るでしょう」

芝犬は自分を見ながら話している見知らぬ人間二人を怖《おそ》れて遠くからさらにけたたましく吠え立てた。愛らしい眼をしていた。

「タロ！」

縁側の障子が開き、まず犬を叱《しか》る女の嗄《しやが》れた声が聞えた。

「タロ！　もうええから、あっちへ行け」

亡夫の妹に介添された益田サクは厚着の肥った身体《からだ》を日向《ひなた》の縁側の座布団《ざぶとん》の上に坐《すわ》らせた。眉《まゆ》がうすく、顔色が悪かった。

益田サクは、愛犬が車に刎ねられたときの様子を語ったが、それはさっきの義妹の話をもう少し詳しくしたものだった。

——この家の前の村道で急停車する車の音がしたと思うと同時に犬の悲鳴が聞えた。サクが家の中から走り出ると、黒色の中型車が停って、タロが狂ったように啼《な》きながら転がりまわっていた。サクはすぐにタロを抱えあげた。

運転台から二十七、八くらいの、白い半袖《はんそで》シャツに青っぽい色のズボンをはいた男が降りてきて、頭をつづけさまにさげた。

済みません、済みません、と男は云って、サクの手に抱かれているタロをのぞいた。

血が出てないので安心したようだった。

済みません。急に車の前へとび出してきたもんやから。刎ねただけで、轢《ひ》かんでまあよかったです。

サクは、急に道へとび出した犬にも落度があると思って、タロよ。じゃから、おまえ、走りまわるんじゃなかと云うたろ。轢き殺されたら、どうするとな？　と抱いた犬の頭を撫《な》でて、男の謝罪を無視した。男は車に戻って、村道を走り去った。そのうしろに白い埃《ほこり》が上るのをサクは犬を抱いて見送った。

「その車の番号を見てないですか？」

越智は質問した。

「見てなかです」

サクは首を振った。

「車の色は、たしかに黒い色でしたか？」

「そぎゃんでした」

「その男の特徴はどんなふうでしたか？」

「わりかた背の高かほうでした。そう瘦《や》せてもなく肥ってもなかったようです。頭の髪は長かでした」

越智と門野とはひそかに眼を合わせた。下坂一夫の姿と合っていた。

「ばってん、このごろの若か男は、みんなあげなふうに髪の長かですけんなァ」

サクは云った。

「顔はどんなふうでしたか。その人相ですが?」

「さあ。ちょっとの間に見ただけですけん、はっきりとは憶《おぼ》えとりませんたい。まあわりあいによか男まえのごとありました」

「眉とか、鼻の格好とか、口の形とか、そういったところは、どうでしたか?」

「そういわれても、はっきりとは思い出せませんなァ。ぼやっとした顔のかたちしかおぼえとりません」

「その顔のかたちは長いほうですか、まるいほうですか。それとも頰骨が少し出ているとか?」

下坂一夫は長顔だが顴骨《かんこつ》が少し出ていた。

「さあ。長かほうでしたが、こまかいことは憶えとりませんたい」

「それじゃ、本人に会えば、そのときの男の顔かどうか分りますか?」

「分るでしょうや。まあ分ると思いますばってんね」

「車にはその男一人でしたか。ほかに人が乗っていましたか?」

「女の人がひとり乗っとりました」

サクは簡単に云った。

「なに、女が?」

越智は高くなる自分の声をおさえた。

「その女のひとも車から降りてきましたか?」

「いえ、車の中に坐っとりました」

「それは運転席の横に?」

「いや、うしろのほうですたい。助手席じゃのうて、うしろの普通の座席でした」

「その女の顔は、どんな人相でしたか?」

「それがよう分らんとです。車の中に居って、暗か蔭《かげ》になっとりましたもんね」

夏の光線は明暗を強くつくる。外は眩《まぶ》しく、車内は暗かったにちがいない。

「……それに、わたしが見たのは、ほんのちかっとの間でしたけんな」

「それでも、少しは顔は知れたでしょう?」

「はあ。ぼんやりとはね。けど、はっきりと云えといわれても、そこまでは分っとりません」

「その女のひとのだいたいの年ごろは？」

「そう若か女の子でもなかったです。というて、そげん年配でもなく……」

「二十五、六くらい？」

「よう分りませんが、そのくらいだったかもわかりませんな」

「着ていたものは？」

「夏のことですけん、白か着ものでしたな」

「というと、和服ですか？」

「いえ、そのへんがちょっと……。ワンピースかもしれんです。はっきりと憶えとりません」

益田サクは咳《せき》をしたあと、記憶のうすいのが申し訳ないように眼を伏せた。眉は剃《そ》り落したようにうすく、眼の下に袋のようなたるみがあった。

「その車にタロが刎ねられたのは、八月の何日ですか、おぼえていませんか？」

「さあ、月はじめぐらいでしたばってん、日にちまでは、ちょっと……」

サクがうつむいたとき、いままで黙って傍についていた義妹が口を出した。

「ありゃ、ねえさん、お盆の前じゃったばい。ほら、町内会の吉住さんが盆踊りの施設の割当て寄付ば取りに来んさった日じゃなかったの?」

九州の盆は八月である。

「おお、そがんじゃったな。吉住さんに百二十円出したとき、わたしが抱いとるタロの前脚ば見てくんさったけんな。あのときはタロが怪我した一時間ばかりあとじゃった」

サクは義妹に助言されてから思い出して云った。

「そうすると、その割当て寄付の百二十円の受取りを吉住さんに書いてもらっていますね?」

越智が声をはずませた。

「受取りはもろうとります。たしか取ってあるはずです」

「ねえさん。うちが見てくるよ」

義妹が立ち上るのに越智と門野とはおじぎをした。

「そこで、奥さん。その車は、この村道をまっすぐに行ったのですね。その行く先はどこに出るのですか?」

越智は、ひとりになったサクに訊《き》いた。

「それは、ここから二里ばかり先で行きどまりですたい」

「なに、行きどまり？」

「篠崎《しのざき》地区のありましてな。十二、三軒ぐらいありますばってん、この村道はそこで終りですたい」

「そうすると、その車は篠崎へ行ったんでしょうかね？」

「わたしもはじめはそう思うとりました。というのは、その車は一時間ばかりして、この村道ば戻ってきましたもんね。戻って、そこの駐在所のとこで県道に出て、赤間の国道さ出るほうへ走って行っとりました」

「ははあ。タロを刎ねてから一時間ばかり経ってね。で、その黒色の中型車は篠崎地区に行ってきたのではないのですか？」

　はじめはそう思っていたとサクのいった言葉を越智はとらえた。

「四、五日経って篠崎に用事があって行ったついでに、向うの人に訊くと、そげな車は来んじゃったよ、とみんな云うとりました。わたしは変なこともあるもんじゃな、あの車に乗っていた女のひとは、篠崎に降りなかったら、どこで降りたんじゃろうかと思うとりました」

「なに、そ、それは、どういう意味ですか？」

「その車の帰って行くのを、わたしはこの家の中にいて見とりました。あの車がタロを刎ねたと思うたら腹の立ってな。そいで、ようく見たのですが、運転しとったのは、車から降りてわたしに謝った男ですばってん、女の姿が車になかったですもんね。そいで、わたしは男が女を篠崎で降ろして帰って行くと思って見とったんですたい」

「確認ですが、女は篠崎地区に降りていなかったのですな？」

「はい。篠崎の者は、だれも知らんと云うとりました」

「そうすると、その女のひとは篠崎に行く途中で消えたというわけですね。途中にも家のある所がありますか？」

「いんや。何んにもなかです。山林や藪《やぶ》ばかりです。橋倉山の麓《ふもと》になりますけんな」

「なに、橋倉山の麓に？」

越智の表情が揺れた。

「そうです。あげなとこに降りる用事もなかですけんな。山の上さ登る小径《こみち》があって織幡《おりはた》さんの小さか祠堂《ほこら》へ行くくらいなもんです。そげんなとこさ行くわけもなかですもんね。どうもおかしなことじゃと思うとりましたが、妹は、そりゃ、ねえさん、女のひとは暑いのにくたびれて座席で寝とったんじゃ、それで車の窓には姿が見えんじゃったとたい、と云いましたけん、そうかもしれんなと思うとります」

女は車の中で横たわっていたのではない。横たわっている場所は別なところであろう。——越智と門野とは抑えても昂奮《こうふん》がかくし切れなかった。

「奥さん。タロはここから山の裾《すそ》をまわって海岸のほうへ遊びに行くことがありますか？」

「ああ。そりゃ、よう行きます。海が好きな犬でしてな」

「十一月初めにタロが海岸のほうへ行って、石を投げつけられて怪我《けが》して戻ったことはありませんでしたか？」

「さあ。それはなかったようですなァ」

下坂一夫の石は犬に負傷を与えなかったようである。

義妹が家の奥から再び出てきた。

「ねえさん。やっと見つかったばい。これじゃったろう？」

「これ、これ。これたい。ちゃんと吉住さんの判の捺《お》してあるやな」

益田サクが越智に見せた盆踊りの割当て寄付領収証の日付は、八月五日になっていた。

23

香春《かわら》銀作は、福岡市の旅館からかけてきた越智《おち》の電話を聞いた。

八月五日に、菅原地区の主婦が飼犬の芝犬を車に刎《は》ねられた。その車には運転する男と女が一人乗っていたが、篠崎《しのざき》地区方面に去った。しかし、一時間後にその主婦が家から目撃したところでは、女の姿は車の中に見えなかった。そういう報告だった。

香春は福岡県の地図を机の上にひろげた。この前に点検しておいた地図で、国道3号線の赤間と海老津《えびつ》の間に、北側の山地帯に入る県道がある。その先に村落の記号がついているが、名前は載っていない。越智の報告によると、地図にはないが、その県道からさらに村道が岐《わか》れているらしい。そのまた北側に山の記号があって、「橋倉山。524メートル」とあった。越智が電話で話している山であった。

「その車にいた女は助手席ではなく、後部の座席だったのか?」

「刎ねられた犬の飼主の益田《ますだ》サクはそう云《い》っています」

アベックだったら、女を運転席の横に乗せるのが普通である。後部座席に置いたのは、外から見て、助手席よりも目立たなくする意図だったとも考えられる。

車は篠崎地区方面に行って一時間後に引返し、県道を国道方面に去ったが、篠崎地区には八月五日にそんな車は来ていない。これは主婦の言葉から越智と門野とが篠崎地区に行って調べたという。

「その一時間のあいだに、下坂が真野信子を殺して山に埋めたのではないでしょうか？」

越智は推定を云った。そうかもしれないと香春も思う。

「その目撃した益田サクという主婦は、運転していた男の顔を記憶しているのか？」

「はっきりとは云いませんが、本人を見たら分るそうです」

「女のほうは？」

「これはちょっとしか見てないのでよくわからないらしいです」

「下坂一夫と真野信子の写真を早く手に入れてくれ。とくに真野信子の写真をね。千鳥旅館に行ったら、みんなで撮った写真があるだろう。泊り客なんかが女中さんたちを撮ってその写真をあとで旅館宛《あて》に送ってくるものだ」

「写真のことはあとになって気がつきましたので済みません。これからすぐにまた坊城へ行って来ます。そして菅原地区に行って益田サクに見せます。下坂の写真は、古賀吾市が持っているか分りません。でなかったら、唐津の実父の家にそれをもらいに行きます」

「そこまでにしてくれ。目撃者に見せた結果、その証言がどうであろうと、下坂一夫にはもう接近しないほうがいい」

「どういうことですか？」

「そっちの殺人事件は、福岡署か福岡県警の所轄《しょかつ》だ。われわれのほうと管轄違いだ。君たちもそこまで行って残念だろうが、その捜査は福岡のほうに引渡しだ。だが、確証を取ってから引渡しだよ。荒っぽい資料を渡したと先方に思われても困る」

「やっぱり渡さんといけないですか？」

越智が未練気な声を出した。

「そういうことになるね。とにかく、あとの報告を待つ。そのうえで、必要があれば、ぼくが福岡に行くよ。福岡県警本部の西本捜査一課長はぼくと同期だからね」

「あ、そうでしたね」

翌日の午後には越智の電話があった。真野信子の写真は千鳥旅館の女中安子が持っていたこと、下坂一夫の写真は、古賀吾市が例のバス旅行のときの記念撮影として持っていたこと、益田サクは下坂の写真はこの人に似ていると云ったが、真野信子の写真にはあまり自信がなさそうだった、ということも云った。

香春一課長は、本部長に報告した。本部長は香春の意見具申に同意した。

「こっちの殺人事件は犯人が死んで後味の悪い始末になったが、それから派生した福岡県の殺人事件は向うに手柄のお手伝いをすることになったね」

本部長は云ったあと、

「まあ仕方がないね。あっちの西本君は君とは同期だしね。縄張り争いをしたくない気持も分るよ。しかし、西本君だってあんまり爽快《そうかい》な気分じゃないかもしれないよ。鼻を明かされたようなもんだからね」

と、笑った。

香春銀作は、前もってその福岡県警西本捜査一課長に電話して、翌日に福岡市の出張に発《た》った。四国から九州に行くのは不便だ。連絡船で尾道《おのみち》に渡り、列車に乗りかえる。

朝の早い船に乗ったので、尾道に着くまで海霧《ガス》の濃い中だった。因島《いんのしま》では尾道に架かった高い橋の下の横に造船所の起重機が塔をならべたように見えた。霧が霽《は》れて、陽が騒音の造船所に射《さ》していた。

芝田市戸倉の未亡人を殺した犯人末田三郎は芝田を逃走してからこの造船所で働いていた。犬を可愛《かわい》がっていたのが末田の犯罪につながったといえなくもない。福岡県の殺人事件は犬のことから犯人の追及ができそうである。一方の独身の犯人は交通事故で死亡し、一方の生活にめぐまれた犯人は、これからの長い人生を刑務所の中で過しそうである。

尾道駅から博多行の列車に乗った。香春が手提カバンの中から出したのは小説ではなく、ある著名な裁判官の回想録だった。

三週間ぐらい経《た》って、四国のA県警本部香春銀作捜査一課長宛に福岡から送られてきた警察訊問《じんもん》調書の写《うつし》。（抄）

問　小寺康司氏トイウ小説家ヲ知ッテイルカ。
答　名前ダケハ聞イテオリマス。ソノ作品モソレホド読ンデハオリマセン。
問　小寺康司氏ガ本年ノ二月ニ佐賀県坊城町ノ千鳥旅館ニ滞在シテイタノヲ知ッテイルカ。
答　知リマセン。
問　千鳥旅館ノ女中真野信子トイウ女性ヲ知ッテイルカ。
答　知リマセン。見タコトモ会ッタコトモアリマセン。ソノ千鳥旅館トイウノニ行ッタコトモアリマセン。
問　唐津市デ発行シテイル同人雑誌ノ本年秋季号「海峡文学」ニ載ッタ「野草」トイウ小説ハ君ガ書イタノカ。

答　ソウデアリマス。

問　雑誌「文芸界」ニモ転載サレタソノ「野草」ノ中ノ一部分ガ四国ノA県芝田市戸倉ノ風景ニソノママデアル。小寺康司氏ハ前ニソノ土地ニ行ッタコトガアル。小寺氏ガソノ土地ノ風景ヲ書イタトスレバ自然ダガ、ソノ土地ニ行ッテイナイ君ガ実景ソノママニ書イタノハ、ドウイウコトカ。

答　私ガ「野草」ノ中デ書キ、「文芸界」ニ転載サレタ場面ハ、マッタク私ノ想像ニヨッテ書イタモノデ、モシ実際ノ土地ノ風景ニ似テオルトスレバ、ソレハ偶然ノ一致デアリマス。前ニ私方ニ見エタ四国ノ警察官ガ友人ニ小寺康司氏ノ作品ノ文章ヲ私ガ盗用シタ疑イガアルトイウ遺族カラノ訴エガアッタ、ト言ワレタソウデスガ、私ニトッテハマッタク迷惑ナコトデス。ソノ場面ヲ書カレタ小寺氏ノ作品ヲ私ハ読ンデオリマセン。第一、小寺氏ハソノ作品ヲイカナル雑誌ニモ発表サレテオラナイノデアリマス。発表サレテナイモノヲ私ガ読メルワケモナク、シタガッテ盗用デキルワケモアリマセン。

問　小寺氏ガソノ芝田市ノ風景場面ヲ書イタ作品ヲ発表シテイナイトイウノガ君ニドウシテ判《ワカ》ッタカ。

答　ソレハ雑誌ニ載ッテイナイカラデス。

問　シカシ、君ハ東京デ発行サレテイル雑誌ノ全部ヲ読ンデイルワケデハナカロウ。

答　ソレニ君ハサキホド小寺康司氏ノ作品ハアマリ読ンデナイト言ッタデハナイカ。

答　私ノ眼ニフレタ中ニ小寺氏ノソウイウ小説ガ無カッタトイウ意味デ申上ゲマシタ。

問　君ノ言イ方ハ断定的ダッタ。小寺氏ニ芝田市ノ風景ヲ書イタ作品ガ無イトイウコトニ、ヨホド自信ガアルヨウダガ、ドウカ。

答　私ハソレヲ読ンダコトガナイトイウノヲ強ク申上ゲテオルノデアリマス。

問　小寺氏ハソノ作品ノ原稿ヲ本年二月、千鳥旅館ニ滞在中ニ書イテイタト思ワレル。ソレハ小寺氏ノ遺族ノ言葉デモ明瞭《メイリョウ》デアル。小寺氏ガ千鳥旅館ノ錦《ニシキ》ノ間ニ滞在シテイルトキノ係女中ガ真野信子デアル。

答　言ワレテイル意味ガヨクワカリマセン。

問　係女中ノ真野信子ガ小寺氏ノ書キカケノ原稿ヲヒソカニ書キ写シ、ソレヲ君ニ渡シタノデハナイカ。

答　私ハ、サキホドモ申上ゲタヨウニ、真野信子トイウ女中ヲ見タコトモ会ッタコトモアリマセン。言ワレルヨウナ事実ハ全クアリマセン。

問　古賀吾市ヲ知ッテイルカ。

答　私ノ友人デ「海峡文学」ノ同人デアリマス。坊城町ニ住ンデイル古賀君ニオ聞キニナッテモ、私ガ千鳥旅館ニ行ッタコトモナケレバ、真野信子ト知合ッテモイナイコトガオ判リニナルト存ジマス。

問　古賀吾市ノ話ニヨレバ、本年十一月ニ筑紫《ツクシ》文化人連盟会長ノ主催デ針江カラ鐘崎ノ海岸ヲ回ル「バス」旅行ガアッタ。ソレハ君ノ文学的将来ヲ激励スル会ダッタガ、途中ノ昼食ノ休憩中ニ、ソコヘ来タ芝犬ニ君ハ石ヲ投ゲツケタ。君ノソノ行動ハ異常ナクライ神経質ダッタト古賀ハ言ッテイル。

答　古賀君ガドウシテ、ソウイウコトヲ言ッタカワカリマセンガ、私ハタダ弁当ヲ食ベアサッテ歩ク犬ガウルサイノデ、ソレヲ追払ウツモリデ石ヲ投ゲタダケデアリマス。

問　ソノ犬ハ芝犬デアル。ソノ海岸地カラ約二キロバカリ南ノ山間部ニアル菅原地区ノ農家ノ飼犬デアル。君ハ、ソノ芝犬ニ見オボエガアッタノデハナイカ。

答　ドコノ犬ダカ見オボエハ全クアリマセン。

問　針江ニハ君ノ奥サンノ叔母夫婦ノ家ガアルガ、君ハ結婚シテカラ一度モ針江ノ叔母ノ家ニハ行ッテイナイトイウデハナイカ。マタ、ソノ「バス」旅行ガ針江ヲ通ッタノニ、奥サンノ頼ミニモ係ラズ叔母夫婦ノ家ニハ立寄ラナカッタソウ

答　デハナイカ。
　　私ノ家内ノ景子ニ言ワレルマデモナク、針江ノ叔母夫婦ノ家ニハ挨拶《アイサツ》ニ行キタイト思ッテイマシタガ、私ハ目下福岡市内ニ陶器店ヲ出ス準備ニ追ワレテ行ク余裕ガナカッタノデアリマス。マタ、「バス」旅行ノ時モ針江ハ通リマシタガ、景子ノ叔母ノ家ニ立寄ル時間ガ無カッタノデス。
問　君ハ、針江ニ行クノニ気ガススマナカッタノデハナイカ。
答　ソンナコトハアリマセン。
問　君ハ本年八月五日ニ自家用車ヲ運転シテ、菅原地区ヲ通ッタカ。
答　車ハ持ッテオリマスガ、ソンナ処《トコロ》へ行ッタコトハアリマセン。
問　八月五日ハドウシテイタカ。
答　開店準備ノタメニ市内外ノ商店ノ様子ヲ観察シテ歩イタト思イマス。
問　ソノトキ誰カト会ッタカ。
答　会ッタト思イマスガ、ダイブン前ノコトデ記憶ニアリマセン。
問　八月五日ハ一日中カカッテ他ノ商店ノ様子ヲ見テ歩イテイタノカ。
答　ソウイウトキハタイテイ半日ガカリデス。
問　ソレハ午前中カ午後カ。

答　ソノ日ニヨッテ午前中ノトキモアレバ午後ノトキモアリマス。八月五日ノトキハ、ドチラダッタカ記憶ニアリマセン。

問　ソノトキハ車ヲ使ウノカ。

答　車デ行クトキモアレバ、近イ商店街ダト歩イテ行クコトモアリマス。八月五日ハ車ダッタカ徒歩ダッタカ覚エテオリマセン。

問　当方ノ調ベデハ、君ハ八月五日午後カラ車ヲ運転シテ出テイル。福岡市内ニハ居ナカッタ。

答　ソウイウコトハナカッタト思イマス。

問　君ハソノ車ニ女ヲ乗セテ菅原地区ヲ通ッタノデハナイカ。

答　ソンナコトハアリマセン。

問　菅原地区ヲ通ルトキ、君ノ運転スル車が芝犬ヲ刎《ハ》ネタコトハナイカ。

答　ソウイウ事実ハアリマセン。

問　コノ写真ノ婦人ヲ知ッテイルカ。（このとき、被疑者に益田《マスダ》サクの写真を示した）

答　存ジマセン。

問　コノ人ハ益田サクトイウ婦人デ菅原地区ニ住ンデイル。先方デハ君ノ顔ヲ記憶シテイル。ソレハ飼犬ヲ君ノ車ガ刎ネタノデ、君ガ降リテ謝ッタカラダ。

答　ソウイウコトハアリマセン。
問　益田サクノ証言ニヨルト、ソノトキ車ノ後部座席ニハ年齢二十五、六歳位ノ女性ガ一人乗ッテイタガ、真野信子ノ写真ヲ見セルト、ソノ写真ノ顔ニヨク似テイルト言ッテイル。
答　私ニハ関係アリマセン。
問　益田サクノ証言ニヨレバ、ソノ車ハ村道ヲ篠崎地区方面へ走ッテ行ッタガ、約一時間後ニハ引返シテ、県道ヲ国道3号線へ走リ去ッタ。ソノトキ、車ニハ、女性ノ姿ガ無カッタ。シカモ篠崎地区ニハソノ車モ着イテイナケレバ、女性モ降リテイナイ。君ハ真野信子ヲ何処《ドコ》ニ埋メタノカ。
答　私ニハ全然身ニ覚エノナイコトデス。
問　八月五日、福岡市内ニ於《オイ》テハ君ノ「アリバイ」ガ無イ。シカルニ菅原地区ニハ車ヲ運転シテイル君ノ目撃者ガイル。シカモ、ソノ車ニハ真野信子ガ同乗シテイタ。
答　八月五日、福岡市内デ私ヲ見タ者ハ必ズアルハズデス。
問　誰ニ会ッタカ言ッテミナサイ。
答　ソレガ記憶ニアリマセン。ソノウチニ想《オモ》イ出シマス。

問　名前ヲ想イ出シタラ、コチラデ捜査スル。然《シカ》シ君ヲココニ呼ブマデニハ当方デモ充分ニ君ノ身辺捜査ヲシテイルノダ。警察ハ、イイ加減ナコトデハ人ヲココニ呼バナイ。

答　（無言）

問　君ハ益田サクノ飼犬ヲ八月五日ニ刎ネタ記憶ガアルカラ、十一月ニ「バス」旅行ノ休憩中、ソノ海岸地ニ現ワレタソノ同ジ犬ヲ恐レテ気ガ狂ッタヨウニ石ヲ投ゲツケタノダ。ソウシテ、針江ニドウシテモ行キタクナカッタノハ、其処《ソコ》カラ忌《イマ》ワシイ記憶ノ山ガ見エルカラダ。ソレハ橋倉山ダ。サア、殺シタ真野信子ノ死体ヲ橋倉山ノドノ辺ニ埋メタカ。真野信子ハ当時妊娠シテイタ。ソレハ坊城署ノ婦警が証言シテイル。

答　（無言。動揺あり）

問　橋倉山ノ麓《フモト》ニハ、真野信子ト、君ノ子供トガ地中ニ横タワッテイルハズダ。早ク土ノ中カラ出シテヤラナイト、子供ガ可哀想《カワイソウ》デハナイカ。

答　私ハ、何モ知リマセン。（動揺あり）

問　君ガ真野信子ト子供ノ睡《ネム》ッテイル場所ガワカラナクナッテイルナラ、目下、警察犬ガ橋倉山ノ南麓《ナンロク》ヲ嗅《カ》イデ回ッテ埋メタ現場ヲ探シテイル。アソコニハ織幡《オリハタ》社ノ祠堂《ホコラ》ガアル。ソレヲ中心ニ付近一帯ヲ犬ガ捜索シテイル。最後マデ犬ガ関係シテイルノモ因縁ダネ。

答　(無言)

問　真野信子ヲドウシテ殺シタノカ。君ハイマノ奥サンノ景子サント結婚スルタメ、真野信子ガ邪魔ニナッタノダロウ。彼女ガ景子サンヲ嫉妬《シット》シテ怒ッタノデ、君ハ両者ノ間ニハサマリ、処置ニ苦シンデ彼女ヲ車デ誘イ出シテ殺シタノダ。

答　信子ハ、私ト景子ノ間ノコトハマッタク知ッテナカッタデス。

問　オヤ、何ト言ッタ？　信子ト言ッタネ？　見タコトモ会ッタコトモナイ真野信子ヲ、ソンナ馴《ナ》レ馴レシイ調子デ信子ト呼ビ、シカモ信子ハ私ト景子ノ間ヲ知ッテナカッタ、トイウノハ、ドウイウコトカ。君ハ思ワズ口走ッタネ。

解説

尾崎秀樹

松本清張の作品が戦後にもたらした意義は、はかり知れないものがある。それは単にミステリーの分野だけではなく、文化全般におよぶものであり、人々の考え方を改めるような役割をはたした。

私たちは無意識のうちに、社会的、政治的な諸事件を、組織と人間の対応の中でとらえようとし、それらの犯罪の動機を知ろうとする。だがこうした考え方は、松本清張の社会派推理の諸作が与えたものであり、知らず知らずのうちに、その影響をうけているのではないだろうか。

松本清張の出現は戦後を象徴する。それは情報社会のありかたを先取りし、文学の情報性に道を拓《ひら》いたこと、さまざまな事件の社会的なひろがりを追究し、ひろい視野で事物の真実をあきらかにしようとしたこと、人間的興味を軸とし、文学から歴史、社会、政治などにおよぶ独自な視点を定着したことなどによる。

もちろんミステリーの分野での功績は、あらためていうまでもないが、それまでのトリック中心の謎《なぞ》とき小説から、動機にウエイトをおいた、社会的視野をもつ作品を書くことで、読者層をひろげただけでなく、そうした推理小説の質的変化が、その後の書き手に与えた影響もまた甚大《じんだい》なものがあった。しかも昭和三十年代のはじめから、二十数年を経た今日まで、ひき続き旺盛《おうせい》な筆力を発揮し、大部分の作品がベストセラーになるといった彼の存在は、文字どおり戦後の一巨峰をなしている。彼のしめした社会派推理の発想が、ミステリーの主流をなし、それらの作品がひろく読まれ、また映画化、テレビ化されて話題をよんだりした結果、その発想法が何かのできごとにぶつかったおりの私たちの考え方にまで影響をおよぼす結果となったといえよう。

よくいわれるように、彼の小説の特長はまず日常生活にひそむ犯罪をとりあげたことだ。私たちが新聞の社会面でしょっちゅう目にするような事件をあつかい、登場人物もまた平凡な人々が多い。そのことは読者である私たちも、いつ同様な事件にまきこまれ、被害者、あるいは加害者の立場にたたざるを得なくなるかわからないといった感慨を抱かせる。このリアリティと普遍性は、現代社会における人間の無力感ともつながるが、一方、作者はそれらの犯罪の動機や経過を執拗《しつよう》に追及することで、悪をうみ出す社会的土壌をもえぐり出す。こうした社会感覚と、そこにこめられた反体制的な意識も大きな特長であり、大衆の欲求と即応するのだ。

さらにあげられるのは独特な風土色であろう。北海道から九州にいたる各地の風景を作中に描き出し、伝説や民俗的な行事、学説等をからませ、事件のカギをそれらの土地や学説に伏在させ、また汽車の時刻表や地図を利用して、登場人物の動きを説明するこころみは、彼自身の地理的な関心のふかさをしめしているが、同時に読者の旅へのあこがれや、風土への愛着を誘ってやまない。彼の作品が昭和三十年代以後の旅行ブームを先取りしたといわれるのも、そのためだ。

彼のあつかう素材はたいへんひろい。歴史や政治の黒い霧にメスを入れたもの、考古学や民俗学の問題をとりあげたもの、汚職や詐欺《さぎ》にまつわる大規模な殺人から、人間心理の弱点を暴露した日常的な事件まで、あらゆるケースが描かれている。登場する人物も多様であり、さまざまな職業や階層、社会的な地位や立場にわたり、趣味や性癖も種々なものにふれている。これは作者の社会や人間にたいする知的好奇心のひろがりを意味するが、しかしそれらはけっして特殊な例ではなく、あくまで一般的なものであり、私たちの周辺に数多く見かけるできごとや、人物である場合が少なくないのだ。

松本清張の文学の素材のひろさについては、彼自身もつぎのように述べている。

「私は一つのものに磨きをかける型ではない。探求心または好奇心の赴くままに分野がひろがるようだ」

この探求心、好奇心のつよさとひろさは、彼の人間的興味の源泉であり、多様な作品をつぎつぎにうみ出してきた彼のエネルギーをささえるものでもあった。

彼が各地の風景をその作品で印象ぶかく描くとともに、それを単なる背景としてでなく、ストーリーの重要なポイントにしていることはすでに述べたが、彼の生い育った北九州地方やその周辺を舞台にしたものは、比較的多い。玄界灘《げんかいなだ》に面した九州北部の海岸地方の描写は、彼の前半生の記憶につながるだけに、自家薬籠《やくろう》中のものといった感じであり、風景の細部とともに、そこに住む人々の表情さえうかがわせる。『渡された場面』の中に描かれている唐津《からつ》西方の漁港や、宗像《むなかた》地方の海岸線に近い山中の模様なども、そのひとつである。

昔は遊女町などもあったその漁港——坊城町の千鳥旅館に、小寺康司という作家が東京から訪れ、滞在するところから、この作品ははじまる。小寺は特異な作風で知られる中堅作家だったが、一般の人々にその名を知られるほどではなかった。しかし係女中の真野信子は、小説を読むのが好きで、文学青年の下坂一夫を恋人にしていただけに、何か悩みがあるらしく、滞在中、ほとんど筆をとらなかったこの客に関心を抱いた。

信子が小寺の留守中に、部屋を整理しようとして、何気なく未完のまま書き捨てられた原稿用紙に目をとめ、その文章に感心して写しとり、下坂一夫に渡したことが、この作品全体にわたる重要な設定となる。

下坂は唐津の陶器店の息子で、「海峡文学」という同人雑誌を発行し、中央の文壇から認められることを夢みているが、口にする文芸理論とはことなり、書く小説はどうみてもうまいとはいえない。家業を手伝っているのに、職業は作家だと自称する文学青年の一タイプを、作者は描き出している。そんな相手であっても愛しつづけ、彼の言うままに秘密の交渉をかさね、多額の金を貸すといった信子のありかたは、女ごころの哀《かな》しさであろうが、それが彼女の悲劇につながるのだ。

信子が大阪に勤め口を変えたいので、その仲介者と会いに博多へ行くという口実で旅館を出たまま、姿を消してから数カ月後、四国のある県の文学好きな県警捜査一課長・香春《かわら》銀作が、文芸雑誌を読んで同人雑誌評に目をとめる。それは「海峡文学」に載った下坂の作品にふれて、その文中で六枚ほどのスケッチ風な部分が光っているとして、とくに引用したものだった。香春はそこに描かれた風景が、近くの市でおこった未亡人殺し事件の被害者宅付近の模様と酷似していることに気づき、さらにその事件の真相を解くカギをそこから発見する。

この事件はすでに鈴木延次郎という工員の犯行として起訴されていたが、強盗と強姦《ごうかん》の上に殺人まで犯したという鈴木の自白には、若干の疑問点があり、殺人は他の人物のしわざではないかというヒントを、香春はその同人雑誌評に引用された文章によってつかんだ。香春の進言で所轄《しょかつ》署と県警の合同会議がもたれ、捜査のやり直しが行われることになった。そして結婚して福岡のアパートへ移った下坂のもとへも、捜査員が派遣される。

捜査の進行にともない、真犯人と思われる男が、その後に事故死していることがわかり、問題のカギをにぎる下坂の身辺が洗われる。四国へ行ったことのない下坂が、なぜあのような文章を書いたのかという謎がさぐられ、原稿盗用の疑いとともに、彼の行動まであらためて追及される結果となるのだ。こうして同人雑誌評にとりあげられたというだけで、地方の文学仲間で一躍有名になっていた下坂の犯行があきらかになるのだが、それが九州から遠く離れた四国の県警の捜査一課長の偶然の発見をもとにして、職業的なカンと捜査の執念によってなされるあたりがいかにもおもしろい。

『渡された場面』は《禁忌の連歌》の第一話として、「週刊新潮」の昭和五十一年一月一日号から七月十五日号まで連載された。このシリーズは第二話『状況曲線』、第三話『天才画の女』、第四話『黒革の手帖』とつづくが、第二話、第四話はかなりの長篇であり、松本清張の最近におけるまとまった仕事となっている。

『渡された場面』はこのように、佐賀県の港町の旅館の女中の失踪《しっそう》と、四国でおこった強盗強姦殺人という、まったく別の二つの事件を、同人雑誌作家の原稿盗用で結びつけるといった設定で成り立っており、文字どおりある事件と関係のある場面が、四国と九州の間で渡されるという着想の新しさがある。この作品にはその因果関係の意外さとともに、地方の同人雑誌の書き手の中央志向に、作者なりの批判を加えているのが興味ぶかい。その特殊な雰囲気《ふんいき》は、ある時期に松本清張自身が味わったものであろうし、また戦後、やはり北九州地方に住んで、同じような文学の仲間とつきあったことのある私にも、実感をともなって回想される。作中の下坂一夫の心理には、そのマイナス面が露呈されているが、作者はそこにこうした文学青年たちとも共通するものを見ていると思われる。

この作品は前半が普通の小説形式で語られ、後半が推理として展開されている。そのためミステリーとしての味は、二つの事件がいかに結びあわされるかといった経過にあるが、興味をひくのはどちらの事件にも犬がからまり、そういったディテールを実にうまく生かしている点だ。原稿盗用といった問題を伏線に据えた着眼は、どのような素材でも貪欲《どんよく》にとりこむ作者の意欲を感じさせるが、それとともにこまかな材料をたくみに配置し、日常的な感覚を働かせていることは、さすがである。彼のもつ日常性や風土性、素材のひろがりは、この作品からも充分に読みとることができるのだ。

（昭和五十五年十二月、文芸評論家）

この作品は昭和五十一年十一月新潮社より刊行された。

松本清張著

或る「小倉日記」伝

芥川賞受賞　傑作短編集(一)

体が不自由で孤独な青年が小倉在住時代の鷗外を追究する姿を描いて、芥川賞に輝いた表題作など、名もない庶民を主人公にした12編。

松本清張著

黒地の絵

傑作短編集(二)

朝鮮戦争のさなか、米軍黒人兵の集団脱走事件が起きた基地小倉を舞台に、妻を犯された男のすさまじい復讐を描く表題作など9編。

松本清張著

西郷札

傑作短編集(三)

西南戦争の際に、薩軍が発行した軍票をもとに一攫千金を夢みる男の破滅を描く処女作の「西郷札」など、異色時代小説12編を収める。

松本清張著

佐渡流人行

傑作短編集(四)

逃れるすべのない絶海の孤島佐渡を描く「佐渡流人行」、下級役人の哀しい運命を辿る「甲府在番」など、歴史に材を取った力作11編。

松本清張著

張込み

傑作短編集(五)

平凡な主婦の秘められた過去を、殺人犯を張込み中の刑事の眼でとらえて、推理小説界に新風を吹きこんだ表題作など8編を収める。

松本清張著

駅路

傑作短編集(六)

これまでの平凡な人生から解放されたい……。停年後を愛人と送るために失踪した男の悲しい結末を描く表題作など、10編の推理小説集。

松本清張著

わるいやつら（上・下）

厚い病院の壁の中で計画される院長戸谷信一の完全犯罪！　次々と女を騙しては金をまき上げて殺す恐るべき欲望を描く長編推理小説。

松本清張著

歪んだ複写
―税務署殺人事件―

武蔵野に発掘された他殺死体。腐敗した税務署の機構の中に発生した恐るべき連続殺人を描いて、現代社会の病巣をあばいた長編推理。

松本清張著

松本清張傑作選
戦い続けた男の素顔
―宮部みゆきオリジナルセレクション―

「人間・松本清張」の素顔が垣間見える12編を、宮部みゆきが厳選！　清張さんの〝私小説〟は、ひと味もふた味も違います――。

松本清張著

半生の記

金も学問も希望もなく、印刷所の版下工としてインクにまみれていた若き日の姿を回想して綴る〈人間松本清張〉の魂の記録である。

松本清張著

黒い福音

現実に起った、外人神父によるスチュワーデス殺人事件の顚末に、強い疑問と怒りをいだいた著者が、推理と解決を提示した問題作。

松本清張著

ゼロの焦点

新婚一週間で失踪した夫の行方を求めて、北陸の灰色の空の下を尋ね歩く禎子がまき込まれた連続殺人！『点と線』と並ぶ代表作品。

松本清張著

共犯者

銀行を襲い、その金をもとに事業に成功した内堀彦介は、真相露顕の恐怖から五年前に別れた共犯者を監視し始める……表題作等10編。

松本清張著

水の肌

利用して捨てた女がかつての同僚と再婚していた——男の心に湧いた理不尽な怒りが平凡な日常を悲劇にかえる。表題作等5編を収録。

松本清張著

天才画の女

彗星のように現われた新人女流画家。その作品が放つ謎めいた魅力——。画壇に巧妙にめぐらされた策謀を暴くサスペンス長編。

松本清張著

憎悪の依頼

金銭貸借のもつれから友人を殺した孤独な男の、秘められた動機を追及する表題作をはじめ、多彩な魅力溢れる10編を収録した短編集。

松本清張著

砂漠の塩

カイロからバグダッドへ向う一組の日本人男女。妻を捨て夫を裏切った二人は、不毛の愛を砂漠の谷間に埋めねばならなかった——。

松本清張著

黒革の手帖（上・下）

横領金を資本に銀座のママに転身したベテラン女子行員。夜の紳士を相手に、次の獲物をねらう彼女の前にたちふさがるものは——。

渡《わた》された場《ば》面《めん》

新潮文庫　ま-1-41

昭和五十六年一月二十五日 発行
平成十四年十一月二十日 四十五刷改版
令和六年九月三十日 六十三刷

著者 松《まつ》本《もと》清《せい》張《ちょう》

発行者 佐藤隆信

発行所 株式会社 新潮社
郵便番号 一六二―八七一一
東京都新宿区矢来町七一
電話 編集部(〇三)三二六六―五四四〇
読者係(〇三)三二六六―五一一一
https://www.shinchosha.co.jp

価格はカバーに表示してあります。

乱丁・落丁本は、ご面倒ですが小社読者係宛ご送付ください。送料小社負担にてお取替えいたします。

印刷・錦明印刷株式会社　製本・錦明印刷株式会社

ISBN978-4-10-110947-3 C0193